唐家三少 著

1

神印王座

一部

皓月当空

U0605744

继续开启一个月一本之约

接档『斗罗大陆』小说系列完结篇

双生子、燃
逆袭
探索
关键词
新书
奇幻
冒险
纯真、浪漫

唐家三少开启神印系列
全新幻想篇章

磅礴巨作　传奇再续　天才哥哥　废柴弟弟　一副面孔
两种性格　携手踏上　魔幻之旅　探索冒险　高能热血

唐家三少 著

神印王座
皓月当空
1
唐家三少·著

2023年1月火热上市

首批随书两款赠品

① 神印王座动画烫银笔记本　② 圣殿学院入学通知书

善良的阿呆

唐家三少 著

典藏版
13

黄河出版传媒集团
阳光出版社

图书在版编目（CIP）数据

善良的阿呆：典藏版. 13 / 唐家三少著. -- 银川：
阳光出版社, 2022.11
　ISBN 978-7-5525-6558-4

Ⅰ. ①善… Ⅱ. ①唐… Ⅲ. ①长篇小说 - 中国 - 当代
Ⅳ. ①I247.5

中国版本图书馆CIP数据核字(2022)第206254号

SHANLIANG DE ADAI DIANCANG BAN 13
善良的阿呆 典藏版 13

唐家三少 著

责任编辑　　胡　鹏
装帧设计　　周艳芳
责任印制　　岳建宁

黄河出版传媒集团
阳　光　出　版　社　出版发行

出 版 人　薛文斌
地　　址　宁夏银川市北京东路139号出版大厦（750001）
网　　址　http：//www.ygchbs.com
网上书店　http：//shop129132959.taobao.com
电子信箱　yangguangchubanshe@163.com
邮购电话　0951-5047283
经　　销　全国新华书店
印刷装订　湖南天闻新华印务有限公司
印刷委托书号（宁）0024666

开　　本　710 mm×1000 mm　1/16
印　　张　16
字　　数　163千字
版　　次　2022年11月第1版
印　　次　2022年11月第1次印刷
书　　号　ISBN 978-7-5525-6558-4
定　　价　34.80元

目 录

CONTENTS

第180章
神龙转生

"圣邪，加速，咱们又到僵尸的领地了。月月，在毒雾没有升到咱们这里时，不要使用净化之光，以免暴露我们的位置。"阿呆一边说着，一边将自己的生生真气通过圣邪背上的金角输入了它的体内。

在庞大的生生真气的帮助下，圣邪顿时精神大振，速度陡然加快了。

奥里维拉全力催动自己释放的风系魔法，让其包裹着圣邪的身体，不让一丝气息散发出去。

在众人默契的合作之下，他们竟然没有引起绿色雾气的注意。经过将近一刻钟的急速飞行，他们终于成功地冲过了僵尸的领地。

阿呆和玄月兴奋地对视了一眼。除了奥里维拉耗费了一些魔法力之外，他们现在可以说是毫发无损。这种情况使他们大为兴奋，对于成功完成这次行动，他们的信心不由自主地增加了几分。

正在这时，熟悉的蓝色身影出现在半空。

阿呆心中一凛，立即辨认出，这拦住去路的正是昨天将众人给逼退的蓝蛛。只见上千只蓝蛛在空中形成一道屏障，飞快地向众人靠近。

阿呆心道：如果有鹊突前辈的火系斗气就好了，那是对付这些冰属性毒蛛最好的武器。

正在阿呆思索该如何应对眼下的危机之时，玄月的吟唱声已经响了起来："以凤凰之血为引，觉醒吧，不死的凤凰。"

随着吟唱咒语，玄月胸口处红光大放，灼热的气流围绕着她的身体，清亮的凤鸣声响彻高空。一道红色光芒从她的胸口钻出来，瞬间围绕着她的身体开始旋转起来。

红色光芒渐渐成形，变成了一只火红的凤凰，围绕着玄月转了一圈后，飞到她的头顶上方。

突然出现的火凤凰令那些蓝蛛慌乱起来，它们前进的速度竟然减慢了许多，似乎很畏惧这炽热的火凤凰。

基努当然认得，这就是当初玄月用来击败他的魔法。虽然他现在的修为已经提升了许多，但是面对这个强大的八级火系魔法时，他还是不由得产生了一丝畏惧。

由于有了神器凤凰之血的增强效果，玄月使用这个魔法时并没有耗费太多魔法力。她将手中的天使之杖向前指，冷冷地道："去吧，不死的凤凰之火，消灭眼前的亡灵生物，化解邪恶气息。"

空中的火凤凰听到玄月的指示，仰起它那高傲的头，凤鸣之声再次响起。它展开了那宽达五米的双翼，带起一道火红色的流光，向不远处的蓝蛛冲了过去。

那群蓝蛛大为恐慌，立刻疯狂地喷吐着蛛丝，大量蓝色的蛛网组成一道厚实的屏障，试图阻挡火凤凰前进。

如果这个八级火系魔法是由别的火系魔法师发出来的，是无法冲破这由上千只寒阴亡灵蛛布成的寒阴网的。但玄月发出的火凤凰不一样，这火凤凰的身上蕴含凤凰之血中庞大的神圣气息，而这神圣之火正是寒阴亡灵蛛的克星。

"哧——"

大股大股的水蒸气腾空而起。在火凤凰的冲击下，寒阴网顿时被冲开了一个大洞。在玄月精神力的控制之下，火凤凰发挥出全部威力，顷刻间就冲入了寒阴亡灵蛛的阵营之中。

当先的数十只蓝蛛在火凤凰至热的能量冲击下顿时化为灰烬，连惨叫声都来不及发出。其余的蓝蛛顿时陷入了慌乱之中，竟然惧怕了，飞快地收拢翅膀，不敢再和众人对抗。在火凤凰的追击下，蓝蛛足足损失了十分之一的同伴才得以逃脱。

这些蓝蛛不像骨鸟那样悍不畏死地发起攻击，是有原因的。两极亡灵蛛是由具有飞行能力的寒阴亡灵蛛和具有在陆地攀爬能力的烈火亡灵蛛组成的。这两种毒蛛不但是相辅相生的，而且是相互克制的。它们虽然同种，但由于蛛丝蕴含的能量截然相反，所以又相互仇视。

两极亡灵蛛只是具有低级智慧的亡灵生物，但是彼此都知道，一旦发生大冲突，最后的结果必然是两败俱伤，所以它们若想维持生存，在数量上就不能相差太多。它们的繁殖能力不强，必须借助人类的生气才有可能繁殖。所以，当阿呆等人第一次出现的时候，它们才疯狂地攻击，都想吞噬阿呆等人的生气。

此时，在玄月的火凤凰攻击下，寒阴亡灵蛛明白，如果再这么对抗下去，就算能将面前的这些人吞噬，它们的数量也必然会因此大大减少，再也无法和烈火亡灵蛛抗衡，所以选择了撤退。

对一个族群来说，毕竟生存才是最重要的。即使是亡灵生物，也不例外。

阿呆看到寒阴亡灵蛛已退，赶忙冲玄月道："收回火凤凰吧，别再追击了，保存实力最重要。"

玄月微微一笑，控制着火凤凰的能量化为点点红光，收入凤凰之血中。

基努谄媚地说道："玄月老大，小弟对你的景仰之情简直无法用语言来形容。这么强大的火系魔法，真是小弟生平仅见啊！那些毒蜘蛛再也不能威胁到咱们了。"

玄月没好气地道："别给我灌迷汤了。圣邪，咱们快走，能多冲过一些关卡最好。"

阿呆搂着玄月，微笑着说道："咱们这回应该能多过两关吧。你先在圣邪的背上休息一会儿，待会儿再有敌人出现，就交给我们对付吧。"

玄月温柔一笑，道："那你一切小心。"

说完，她立刻坐在圣邪宽厚的背上，一手抓着它头部的金角，另一手将天使之杖放在胸前，快速冥思起来。

第二次进入死亡山脉比第一次要顺利得多，如此轻松地连过四关，是他们之前根本没有想到的。

死亡山脉的占地面积有上百万平方公里，而他们现在距离死亡山脉中心地带只有三分之二的路程了。

阿呆四下观望着，将灵觉释放出来，时刻准备迎接新的挑战。

突然，他感觉全身一冷，莫名打了个寒战。他心头一紧，凝神向前方注视着，却没有发现任何敌人的踪迹。

一道道呻吟声从后面传来。

阿呆转身看去，只见基努和奥里维拉不断地颤抖着。他们半跪在圣邪的背上，看起来异常难受。而玄月全身散发出一层金色光芒，俏脸上的表情依旧平静，并没有出现异样。

森冷的感觉不断侵袭着阿呆的身体。他吃惊地发现，耳边响起了阵阵幽怨的叹息声，似乎有什么东西在呼唤自己。

突然，两道金色光芒分别从基努和奥里维拉手指上的金戒指中散发出来。

他们的神色平静了一些，脸色却苍白得吓人。

这时，圣邪前进的速度突然慢了下来。它那庞大的身体开始微微颤抖，背上的七个金角散发出强烈的金色光芒，化为七道闪电，射入了半空。

"啊——"

阿呆的耳边突然响起惨叫声。那异常凄厉的声音令阿呆产生了一种毛骨悚然的感觉。

圣邪背上的金角散发出来的光芒迅速将众人包裹起来。

阿呆发现，刚才那种森冷的感觉突然消失了。他通过自己和圣邪的精神联系发现圣邪体内的能量正在飞快地消失。显然，圣邪用金角散发出的神圣能量护身是非常费力的。

透过圣邪用金角散发出来的神圣能量，阿呆终于发现那森冷的感觉是从哪里来的。空气中，一团团接近透明的能量不断地飘移着。这些能量虽然不敢冲击圣邪用金角散发出来的神圣能量，但是数量越来越多，聚集在神圣能量的外围。

阿呆赶忙传音唤醒玄月。

当玄月看到眼前的情景时，她不禁惊叫起来："啊，这是怨灵！怎么会有这么多怨灵啊？"

阿呆苦笑道："这可能就是死亡山脉的第五关吧。刚才在圣邪没有散发出神圣能量的时候，我们都全身发冷，这是怎么回事？"

玄月凝重地说道："怨灵是一种没有具体形态的邪恶生物，它们是冤死之人的灵魂受到诅咒从而形成的，本身具有很强的诅咒能力，而且能够附身。我们一旦被怨灵袭击，就会被它们占据身体，而我们的灵魂也会被同化。

"比起先前出现的蜘蛛，怨灵要强大得多。大家小心，千万不要让它们靠近。对付它们，只能用强大的神圣系魔法。这么多怨灵，恐怕至少要用出八级魔法才能与之对抗。阿呆，你帮圣邪支撑一会儿，我来吧！"

说着，玄月举起了天使之杖。

阿呆一把抓住玄月的手，道："等一下。"

玄月一愣，当即说道："不能再等了，圣邪散发出来的能量并不是纯神圣系的，它恐怕支撑不了很长时间啊！"

阿呆深情地看了玄月一眼，道："你先前才用了火凤凰，消耗了不少魔法力。更何况，你还要维持和空间定位魔法阵的联系，你的魔法力一定要有所保留才行。让我来吧！"

玄月道："你？你怎么行呢？光靠神龙之血的那些光系魔法是不够的。"

阿呆自信一笑，道："自从我达到剑圣境界以后，我的精神力就提升了许多。我想，我现在已经有能力使用神龙之血的终极攻击魔法——神龙转生。相信我，我一定能行！"

玄月眼中流露出一丝惊讶，她欢喜地说道："是啊！我怎么把神龙转生给忘记了呢？好吧，那就由你来。不过，你要做好准备，一旦发现不能将怨灵驱散，就立刻收回圣邪，再由我来发动空间定位魔法，回到精灵森林。"

阿呆点了点头，深吸一口气，将意念完全集中到了胸口的神龙之血处。

虽然阿呆已经许久没有使用过精神力了，但他如今的精神修为比奥里维拉和基努还要强得多。单从对魔法元素的控制力和拥有的魔法力的纯度来说，他已经进入了魔导师的境界。

此时，外围的怨灵越来越多了。

在圣邪的神圣能量映衬下，怨灵们形成了一圈极为厚实的黑气，将众人笼罩在中央。

因为负担过重，圣邪的身体再次微微颤抖。无数怨灵带来的压力，使它的情绪达到崩溃的边缘。

阿呆缓缓合上双眸，低声吟唱："以神龙之血为引，蕴含无穷生机的神圣能量啊，请允许我，作为神龙之血的拥有者，借用你的力量，使遨游于九天之上的神龙以其血脉为媒介转生，并赋予它无穷的力量吧！"

这时，随着阿呆的咒语完成，蓝色光芒飘浮而出，快速地围绕着阿呆的身体旋转起来。在那股充满了神圣气息的能量烘托下，阿呆全身心地和自己胸口处的神龙之血融合为一。

这是一种从未有过的感觉。阿呆感觉到自己的精神和神龙之血进入了同一个精神层面。神龙的血脉传来温暖而雄厚的能量，不断地滋养着他的身体。

突然，一个蓝色的魔法六芒星出现在阿呆的脚下。

顷刻间，沛然、神圣的蓝色光芒将阿呆的身体笼罩住了，使人无法从外面看到他的样子。

原本在阿呆下方苦苦支撑的圣邪突然精神大振，其护体的金色能量增强了几分。一时间，将周围聚集过来的大量怨灵驱赶得退了三米。

阿呆仰头望天，原本神龙之血上那个金色的符号清晰地出现在他的眉心处。一声悠远而浑厚的龙吟声从他的口中发出，声音穿透圣邪用金角散发出来的能量布置的结界。很快，结界便笼罩了整个天空。

在这强大的神圣气息中，怨灵们似乎有些慌张，一团团妖异的灰色能量不断地互相挤压着。它们虽然感到害怕，但还是不想放弃这个有可能得到人类身体的机会，仍然试图冲破圣邪布置的结界。

阿呆一闪身，在玄月的惊呼声中穿过圣邪布置的结界，飞入了怨灵们中间。

怨灵们顿时像饿狼般飞快地扑了上来，疯狂地冲击着阿呆那团护体的蓝色能量。蓝色能量似乎不具备攻击性，像一团棉花，不断地将冲击而来的怨灵们弹开，却没有伤害它们。

巨大的咆哮声在蓝光中响起，阿呆那高大的身影突然消失了。蓝光骤然扩大为先前的数十倍，将旁边的怨灵完全挤散了。

蓝光渐渐收敛，里面的那道身影慢慢地清晰起来，竟然是一条近五十米长的蓝色巨龙。

蓝色巨龙身上充满了强大的神圣气息，全身被包裹在光芒闪烁的蓝色鳞片之中。巨大的龙头上长着一对微微弯曲的角，龙角的两侧各有几个突起。蓝色巨龙有八爪，背生六翼，六翼展开，好似能遮天蔽日一般。

蓝色巨龙那庞大的身体微微抽搐了一下，它缓缓睁开双眸。那是一对如蓝水晶般澄澈的眸子，眼眸中的深邃震撼了玄月、基努和奥里维拉的心。

在这蓝色巨龙出现之时，圣邪兴奋起来，它不再满足于防守，身体里似乎有使不完的力气，背上的七个金角不断射出道道光芒，疯狂地攻击着周围的怨灵。凡是被它射出的光芒击中的怨灵，无一例外，全都消失了。

蓝色巨龙眼中闪过光芒，极具威严的声音响起："怨灵聚集，危害人间，吾将彻底消灭你们，以还人界平静。"

话落，一圈蓝色光晕以这神龙的身体为中心，骤然向四周飘散开去，顷刻间便蔓延了上万平方米，将所有怨灵都笼罩住了。

怨灵们全都疯狂起来，它们似乎感觉到了即将到来的危险，不断地四下冲击着。可是，不论它们如何努力，都无法冲破神龙布置的能量结界。

神龙眼中蓝光强盛，那巨大的能量结界缓慢地收缩，不断挤压着密集的怨灵。

玄月愣愣地看着面前这无比威严的神龙，心情极为复杂。神龙身上充满了庞大的神圣能量，即使是她的爷爷也比不了。她觉得，只有在当初自己接受神之洗礼时，天空中出现的六翼天使可以与之相比。

那庞大的神圣能量简直不可思议！

虽然玄月本来就料到神龙之血的终极攻击会非常强，但她没有料到会强到如此地步。

这分明就是真的神龙降临人间啊！

有它在，这死亡山脉里的危险算得了什么呢？

怨灵的智慧比两极亡灵蛛高得多，它们眼看无法挣脱这股庞大的神圣能量，于是渐渐融合在一起。

上万个怨灵不断地融合，渐渐形成了一个巨大的怨灵。这怨灵的能力明显比普通怨灵要强大得多，左冲右突之际，它竟然将神龙布置的能量结界冲击得不断震荡起来。

神龙冷哼一声，抬起左侧的前爪往空中的怨灵一挥。一道金色光芒突然飞出，准确地轰击在怨灵身上。

怨灵凄厉地惨叫起来，由怨气组成的身体不断地抽搐着，竟然还在不停地缩小。在金色光芒的刺激下，缩小的怨灵突然变成了人形，扑倒在空中，冲神龙做出哀求的姿势。

神龙又冷哼一声，收回自己发出的金色光芒，淡淡地说道："既然汝已经知道错了，那吾给汝一个改过自新的机会吧。汝愿意归附吾吗？"

怨灵显然内心挣扎，哀求地看着神龙。

神龙眼神冷厉，怒道："这是汝唯一的机会，否则吾就打得汝形神俱灭，永世不得超生！"

在神龙的威胁下，怨灵的身体不断地颤抖着，似乎非常害怕，沉重地点了点幻化成人形的头。

神龙再次冷哼了一声，念叨了几句。接着，一条二十余米长的骨龙从它的身体中分裂出来，展开巨大的骨翼，飘浮在它的身旁。

当初在杀手公会总部时嚣张万分的骨龙，此刻在神龙旁边丝毫不敢放肆，一副毕恭毕敬的样子，在神龙威力的压制下不敢动弹。

神龙对骨龙道："吾今助汝与怨灵融合，赐予汝强大的力量。汝必须以保护光明主为己责，如果稍有僭越，吾必将汝化为尘土。"

骨龙连连点头。面对龙族最强大的存在，它只能遵命，不敢有丝毫反抗。

神龙将目光转向怨灵，淡淡地说道："去吧，让汝与骨龙融合，对于汝来说并非坏事，至少有个身体供汝栖息。如果将来汝能够辅助光明主成功解救天元大陆的危难，吾将禀明廷神，赐予汝重新转世的机会。"

合体的怨灵听了神龙的话后显得异常兴奋，不再抗拒神龙给它们找的这个归宿，连连向神龙施礼，接着，欢喜地朝骨龙冲去。

灰光一闪，合体的怨灵成功地融入了骨龙的身体中。

神龙眼中闪过一丝神光，头上的巨大双角射出两道金色光芒，在骨龙上方凝聚出了一个巨大的金色六芒星。

怨灵入体，骨龙显得异常痛苦，庞大的身体不断在空中翻滚。

一旁的神龙喃喃地念叨着玄月等人听不懂的咒语。金色六芒星在咒语的催动下飘然而落，将骨龙的身体完全笼罩在内。

神龙的咒语没有停歇，它依旧在不断地念叨着。

随着时间的推移，骨龙原本灰白色的身体渐渐笼罩上一层金色光芒，金色光芒越来越盛。在耀眼的金色光芒中，玄月三人已经无法看清楚骨龙的形态了。

神龙长吟一声，庞大的身体猛地朝骨龙扑去。在它那阔达五十米的六翼笼罩下，骨龙所化的金色光芒完全被它收回了体内。

骨龙眼中流露出一丝欢喜，掉转身体，飘浮在圣邪面前。圣邪那庞大的身体在骨龙面前显得那么渺小。

骨龙恭敬地看着神龙，金色的双眸中流露出期待。

神龙的声音变得柔和，它对圣邪说道："由于时间紧迫，我来不及帮你提升力量了。在我的威压下，虽然骨龙的实力远远强于你，但它始终会听从你的指挥。神的孩子们，拯救天元大陆的重任就交给你们了。我要回去了。"

玄月微微一愣，忍不住问道："神龙，您的力量那么强大，为什么不帮助我们消灭暗圣教呢？"

神龙轻轻摇头，道："因为那是我不可能做到的事。我是凭借光明主的召唤才让自己的精神烙印降临人界，根本无法在人界待太长的时间。我在这里所使用的能量，完全来源于光明主本身。这次让怨灵与骨龙融合，光明主的精神力已经消耗太多了。我改变了他的精神实质，接下来，他会沉睡一段时间。

"在这段时间里，你们必须好好看护他。这里的亡灵生物非常强大，尤其是最后几个区域中的亡灵生物，即使我本来的身体能从神界降临人界，我也很难应付它们。不过，现在有了怨灵的帮助，你们前进的过程会顺利许多。记住，不要过于勉强自己，不能进，则必须退！"

玄月有些失望地道："那我们以后还能再次看到您吗？"

神龙轻叹一声，道："能，不过，在短时间内是不可能的。由于魔界蠢蠢欲动，廷神大人正在同各路神明商量对策，而人界将是决定神魔两界战斗胜负的关键。其实，光明主的力量很接近神了。天机不可泄露，今后，你们会明白一切的。

"孩子，你是光明主的守护者，也是光明主的一部分，你一定要好好保护他。必要的时候，你可以召唤出真正的凤凰来帮助你，凤凰的能量并不弱于我。当神魔两界真正开始战斗的那一天，我们一定会再见的。你们千万要小心前方的亡灵生物啊！今天所发生的一切，在光明主的脑海中会留下烙印，你们要好好看护他。

"当他醒来后，他精神层面的能力会再次提升，但你要告诉他，半年之内不要再使用神龙转生，那是不可能成功的。而你的凤凰转生在半年内只有三次使用的机会了，不到万不得已，不可轻易使用。好了，时间到了，我要走了。再见了，神的孩子们！"

话落，蓝色光芒骤然闪亮，神圣气息渐渐减弱，一团蓝色光芒缓缓地飘浮到了圣邪宽阔的后背上。

与此同时，阿呆的身体渐渐显露出来。他已经陷入了昏迷，胸口处的神龙之血却依然光芒四射，看不出有什么变化。

玄月看着陷入昏迷的阿呆，心微微一痛，将阿呆揽入了怀中，探询着阿呆体内的气息。阿呆的身体一切正常，其体内的生生真气依然充沛，不断地运转着。

奥里维拉道："玄月老大，我们现在该怎么办？我们还去前面探路吗？"

玄月摇了摇头，道："暂时不去了，阿呆的安全最重要，咱们先回精灵森林，一切等阿呆醒过来后再说吧。小邪，你自己回神龙之血。奥里维拉，你看着基努，别让他掉下去，我来发动空间定位魔法。"

圣邪乖巧地点了点头，灰光一闪，顿时飞回阿呆胸口处的神龙之血中。

以玄月三人的实力，他们是不可能长久地待在这三千米的高空的。

失去了圣邪的支撑，玄月赶忙吟唱道："破开空间秩序，以精神之力为引，回到定位之源吧。"随着咒语响起，天使之杖的顶端散发出了一圈白色光晕，顷刻间便将三人的身体笼罩在内。

空间定位魔法阵再一次启动，它带着阿呆四人回到了精灵古树的树屋内。

精灵古树的树屋内，岩石几人焦急地等待着。自从早上阿呆他们离开后，他们就寸步不离地守在空间定位魔法阵旁边。

光芒一闪，阿呆四人出现在空间定位魔法阵中央。

岩石两兄弟、卓云、月姬都产生了一种如释重负的感觉，赶忙走到众人面前。

月姬顾不得羞涩，一把拉住基努的手，上下打量了他一番，见他没有什么损伤，这才松了口气。

基努憨憨一笑，道："原来你这么关心我啊，你可真是我的好老婆！"

月姬没好气地道："谁是你老婆？谁关心你了？我只是看看我的保镖有没有受伤而已。你们怎么这么快就回来了？难道还没突破那些蜘蛛的防御层？"

基努刚想回答，却被岩石的惊呼声抢先了："阿呆这是怎么了？他怎么昏过去了？"

月姬吓了一跳，赶忙将目光转向躺在玄月怀中的阿呆。

奥里维拉道："岩石大哥，你别紧张，阿呆没事的。"

当下，奥里维拉将四人此行的详细经过说了一遍。

当岩石等人听到阿呆居然成功地引来了天界的神龙，顿时异常惊讶。听完了奥里维拉的叙述，大家这才松了口气。

岩石道："咱们和精灵女王阿姨商量一下，为了确保阿呆的安全，就让他在这精灵古树的树屋中休养吧。可是，不知道他会昏迷多长时间啊。"

虽然神龙说阿呆不会有事，但玄月还是非常担心。她点了点头，道："现在也只能这样了，希望他快点醒过来吧。"

奥里维拉道："我们这是第二次进入死亡山脉，此行还算成功。只要阿呆老大醒过来，我们完成任务的可能性就大多了，至少我们这回过了五关，而且第五关中的怨灵都被我们消灭了。下次再进入死亡山脉，我们就可以直接对付第六关中的亡灵生物了。"

玄月正色道："奥里维拉大哥，你可不要大意。连神龙都说，后面关卡中的亡灵生物更强大，连它都很难应付，更别说我们了。到时候，我们还要用和这次同样的策略，以最快的速度往前冲。我想，那些怨灵应该对死亡山脉的情况比较了解。或许，到时候我们可以利用它们，让它们帮助我们进入死亡山脉深处。"

死亡山脉里，数十名黑衣人聚集在原本属于怨灵的领地中。

为首的黑衣人凝重地道："怎么回事？这到底是怎么回事？"

其他黑衣人围在他身旁，其中一人恭敬地道："三长老，刚才我们已经去查探过了，骨鸟、骷髅、僵尸的领地都没有出现异常，但是两极亡灵蛛那边损失了上百只寒阴亡灵蛛。而这里……这里的怨灵都消失了。您看，这……"

三长老冷哼一声，冰冷的声音震得周围的黑衣人都身体一颤："你们立刻给我去找，至少要找到一些蛛丝马迹才能回来。那可是数万怨灵啊，难道就这么凭空消失了吗？这件事一定和先前出现的那股庞大的神圣气息有关。廷主，如果你真的敢来，我就让你葬身在这死亡山脉之中。

"传我命令，把翼人和矮人给我调来怨灵的领地。再让暗魔族派一百名实力极强的族人过来，分别在骨鸟、骷髅、僵尸、两极亡灵蛛的领地布置二十五名暗魔人。一旦有生人闯入死亡山脉，立刻向我汇报。不论此次来多少人，我要让神圣廷的人和上次在毁灭山谷那样几乎全军覆没。

"记住，你们谁也不要把这个消息传到教主那里。现在是关键时刻，谁也不要去打扰教主的法祭。快，立刻去执行命令！"

怨灵在亡灵生物中虽然不是最强大的，但仍然让这些暗圣教的人忌惮。因为怨灵对于愤怒的情绪是非常敏感的，即使在被他们控制的情况下，一个不小心，就会袭击他们。他们一旦被怨灵入侵了身体，那后果将不堪设想。

所以，一直以来，他们很少来到这第五关的地界。这次要不是突然感觉到一股庞大的神圣气息波动，恐怕他们根本不会发现教主在死亡山脉内布下的亡灵十二劫已经被人闯过了五关。

第181章
怨灵归心

因为阿呆等人的入侵，死亡山脉暗流涌动，甚至牵动整个天元大陆的形势都在不断地变化。

在昏迷之中，阿呆的精神力经过神龙的加固精进了许多。在那庞大的神圣能量提升下，他的精神境界渐渐提高到了另一个层次。

不知道过了多长时间，阿呆缓缓睁开了双眼。他惊讶地发现，自己在金身之中，而不是在本体内。

阿呆活动了一下身体，他发现自己的金身又胀大了一些，显然和这些天的苦修有关。随着第一金身和第二金身之间的能量差距越来越大，现在的他吸收起第二金身的能量来越来越快。

他相信，不需要太长时间，他就能将当初天罡剑圣传输给自己的功力完全吸收。

阿呆催动金身缓缓地向上方游去，他必须让精神返回脑部中的意识之海，重新得到对自己身体的控制权。随着精神能量提升，他的感官敏锐程度大幅度地提升了。虽然现在的他和以前一样在经脉中游荡，但他可以清晰地感觉到体内每条经脉蕴含的能量有多少。

在意念的控制下，阿呆的金身忽大忽小，终于成功地漂移到了脑部。原先残余的凶邪二气似乎完全消失了，他再也无法感觉到一丝气息。他感受着全身的舒适，小心地向自己脑部深处的意识之海游去。

其实，阿呆不知道的是，神龙在帮他提升精神能量时，已经将他体内的凶邪二气完全化解了。现在的他，不论是生生真气还是精神力，都已经达到了目前所能达到的最高境界。以他现在的修为，他完全不弱于廷主，成了继廷主之后最接近神的人。

阿呆的金身穿过那一条条复杂的经脉，终于来到了意识之海的边缘。刚进入意识之海，他就惊讶地发现意识之海的上方悬浮着一团蓝色能量。那并不是邪恶气息，而是充满了神圣气息的能量。

阿呆感觉这团蓝色能量和自己有着密切的关系，因为它让自己觉得非常亲切，他下意识地控制着自己的金身飘浮到那团蓝色能量旁边。

随着金身与那团蓝色能量越来越近，他感受到的神圣气息更加浓郁了。此刻，他感觉自己的金身变得异常舒爽。仿佛不受控制似的，他抬起金身的手向那团蓝色能量摸去。

当他触摸到那团蓝色能量时，蓝色光芒骤然绽放，瞬间将他的金身笼罩在内，蓝色光芒中闪耀着一个熟悉的金色符号。

看到这个，他突然醒悟过来，这正是神龙之血的能量啊！可是，他为什么会来到神龙之血中呢？

　　昏迷前发生的一切渐渐在他的脑海之中浮现。他想起自己如何利用神龙之血的终极攻击魔法神龙转生召唤来了天界的神龙，也想起神龙如何用它那无比强大的威势彻底震慑了怨灵。

　　正在这时，一个声音突然在他的脑海中响起："主人，骨龙愿意永远听从您的命令。"

　　阿呆心中一惊，驱使精神力向这股突然出现的能量探去。这是一团灰黑色的能量，它被完全包裹在神龙之血能量的深处。

　　阿呆不禁问道："你是骨龙吗？你为何能像圣邪那样和我进行精神联系？为什么神龙之血的能量会出现在我的意识之海内？"

　　骨龙恭敬地说道："其实，我并不完全是骨龙，我是那天在死亡山脉中您遇到的怨灵的集合体。在神龙大人的帮助下，我和骨龙已经完全融合在一起了。因为原本的骨龙只具备低级的智慧，所以同化后，骨龙的身体由我来控制。

　　"主人，您放心吧，经过神龙大人的开导，我们已经明白，您是神界派来的光明主，跟着您，对我们来说是最好的选择。我们怨灵和其他亡灵生物不同，我们本身并不愿意做亡灵生物，因为我们都是冤死的灵魂。神龙大人向我们许诺，只要我们帮您完成消灭邪恶势力的使命，它会给我们新生的机会。我们一定会竭力帮您的！

　　"对于我们来说，拥有真正的生命，是我们多么渴望的事啊！神龙之血的能量之所以出现在您的意识之海中，主要是因为您已经和神龙之血融合在一起了。无论是我的意识还是龙王的意识，现在都能更容易地与您交流，而您也能更加容易地控制住神龙之血。不过，龙王因为上次的行为耗损了过多的能量，现在还没有恢复呢。说起来，这都怪我。”

阿呆一愣，道："龙王？什么龙王？我和神龙之血的联系变得紧密了，如何更容易地控制它呢？"

骨龙道："龙王就是那条银色的龙啊！神龙大人命令我，今后一定要听从您和龙王的命令。龙王如果完全达到究极体，就能拥有和神龙同样强大的能力。那天降伏我们的神龙，其实就是一个龙王达到究极体以后转生的。

"龙王可以说是众多龙之中最强大的存在。对其他的龙来说，龙王天生就有威慑的能力，所以即便我现在的这个本体原本的力量已经超过龙王，我还是不敢轻易违背龙王的命令。不过，追随您的这个龙王和其他的龙不一样，其体内不但蕴含着神圣的能量，还有庞大的邪恶气息，那似乎是一种来源于魔界的神秘力量。

"凭借我们数万怨灵的记忆，我们也不清楚龙王完全达到究极体之后会变成什么样子。或许，它以后会比神龙大人更加强大吧。至于您如何更容易地控制神龙之血，最简单的办法是，您以后再次使用它的能力时，不用像以前那样吟唱咒语了，可以直接调动它的能力。这样一来，您就可以不用再因为念咒语而耽误时间了。"

阿呆恍然大悟，道："原来是这样。真没想到，圣邪竟然还是一个龙王。小骨头，哦，对了，这是我给骨龙起的名字，我也这么叫你吧。你以后待在神龙之血中，一定要听圣邪的话，不可以违背它的命令。只要你诚心帮助我，等我们将来消灭了暗圣教，我一定恳求神龙大人帮你们转生。"

小骨头感激地道："主人，我一定会全心全意地帮您。其实，就算不转生，我们对现在这个强大的身体也非常满意了。我们这些怨灵本身都是很弱小的存在，由于种种原因冤死了。正是因为我们当初是含冤而死的，所以我们在死时产生了极大的怨气，才会成为怨灵。

"我们现在能拥有这么强大的身体，对于我们来说，简直像在做梦一般。我们都知道，只有跟随着您，跟随着神龙大人的脚步，我们才能更好地生存下去。"

阿呆微微一笑，道："我会善待你们的。对了，既然你是数万怨灵的集合体，想必你非常了解死亡山脉的情况吧。还有，你对那个暗圣教应该也很了解吧，你能不能也跟我说说，我好想办法对付暗圣教。"

小骨头道："好的。在千年之前，人类的众多英雄同暗魔族开战了，最终将暗魔人驱赶到了这片山脉，并封印了魔界入口。但是魔界中早已有许多邪恶、纷乱的气息降临到了这片山脉中，甚至有一些强大的魔界生物也来到了这里。

"在那些邪恶气息的作用下，山脉中的大量亡灵发生了变异。在不断变异的过程中，形成了众多亡灵生物，而我们怨灵就是其中一种。不知道是什么原因，我们这些亡灵生物被局限在这片山脉中，不能外出。

"各种亡灵生物经过不断地演化，发展成了现在这个样子，这里也就成了您所说的死亡山脉。至于暗圣教，是这样的……"

当下，小骨头将暗圣教的发展历程告诉了阿呆。

原来，确如洛水所说，黑暗势力集中在死亡山脉中。暗圣教的成立始于神圣历百年左右，那个时候，神圣廷第一任廷主神羽和他的妻子已经羽化登仙了。

百年的和平，使人类有充分的时间休养生息。人类渐渐满足于美好的生活，而黑暗势力就是在那个时候开始崛起的。

虽然黑暗势力当初遭到了沉重打击，但从魔界中过来了一些生物，它们并没有像暗魔族那样急速扩张势力，因为它们数量太少，能力也远远不足以与神圣廷抗衡，所以选择了等待。

经过近千年的休养生息，黑暗势力终于崛起，在笼络了大部分黑暗异族之后，建立了暗圣教。

暗圣教教主拥有强大的实力，他是"魔界之神"冥王最忠诚的信奉者。他的心中只有一个念头，那就是打开被封印的魔界入口，把魔界中的邪恶势力引入天元大陆，彻底占领这片富饶的土地，将黑暗带到人间。

暗圣教教主和他的手下利用源于魔界的至宝——亡灵手札，花费了五百年的时间，终于成功地控制住了死亡山脉中的亡灵生物，让这些亡灵生物成了他们最有力的武器。

近百年来，暗圣教教主一直隐藏在死亡山脉中央，也就是当初的魔界入口封印处。他试图凭借自己与魔界之间的联系，打开魔界入口。对于此事，他异常执着。

终于，在神圣历九百八十九年四月十四日那天，他就要成功了，还引得天象变异，让血日、血雨降临人间。

但是，此事被廷主发现了。廷主带领神圣廷的数千名高级廷司引动无比强大的神圣力量，将即将开启的魔界入口重新封印并加固了，使暗圣教教主功亏一篑。然而，暗圣教教主并没有放弃，依旧在不断地努力。他认为，神圣廷的力量虽然强大，但无法阻止魔界入口的第二次开启。

自从上次在毁灭山谷中重创了神圣廷的人之后，暗圣教教主就带领手下的所有黑暗势力撤入了死亡山脉中央，并将亡灵生物分成十二大类，利用亡灵手札的魔力布下了阿呆等人前往死亡山脉时遇到的亡灵十二劫。

阿呆凝重地点点头，道："看来，当初廷主预测的是正确的。小骨头，你知不知道，一旦魔界入口被打开，会造成什么样的后果？"

小骨头的声音有些颤抖，道："在我们数万怨灵中，有的生前是魔界的生物，有的生前是暗魔人，我从这些怨灵的描述中得知魔界是一个非常可怕的地方，一旦魔界入口被打开，而且入口变大的话，在魔界中生活的各种远古魔兽会通过入口来到人间。

"除非神界的神明降临天元大陆，否则我们根本无法与之抗衡，天元大陆很有可能将会完全笼罩在黑暗之中。就算神明们能将那些来自魔界的邪恶生物消灭，天元大陆也会因为双方激烈的大战而变成一片废墟。到时候，恐怕人类会灭亡啊！

"主人，您可千万不能让这种情况发生。如果天元大陆真变成那样，别说你们人类会灭亡，就连死亡山脉中的亡灵生物也会遭遇灭顶之灾，因为魔界的冥王是不会允许有威胁到其统治地位的生物存在的。"

阿呆沉重地点了点头，道："听你这么说，亡灵生物中似乎也有很强大的存在，是吗？难道亡灵生物足以和魔界抗衡？"

小骨头道："经过近千年的繁衍生息，待在死亡山脉中的亡灵生物已经发展到了相当高的层次，毕竟我们这些亡灵生物的根基都是千年之前那场大战留下来的能量。

"您已经遇到了亡灵十二劫前五关的亡灵生物。骨鸟、骷髅和僵尸都不算什么，它们只是低等级的亡灵生物，凭借数量众多才在死亡山脉中占有一席之地。但是，我们怨灵和两极亡灵蛛就不一样了，我们属于接近中级的亡灵生物，如果这次不是您召唤出了神龙大人，你们想过我们这一关是非常难的。主人，以您现在的实力，您在天元大陆上已经算是非常厉害的人物了吧，不过我估计你们只能闯到第六关。如果运气好，也许能够通过第六关。至于第七关，你们是绝对无法通过的。"

阿呆知道，现在小骨头和自己心灵相通，所以对于自己的实力是非常清楚的。小骨头既然这么说，那自然有一定的道理。他不禁问道："你给我介绍一下后面关卡中的亡灵生物吧。它们有什么样的实力，值得你如此说？"

小骨头轻叹一声，道："那些亡灵生物的实力都极为强大。在暗圣教将我们这些亡灵生物进行分类之前，我们是散居的。骷髅、骨鸟、僵尸，还有死灵骑士，这些低等级的亡灵生物混居在死亡山脉的最外围。而我们怨灵、两极亡灵蛛和另外两种中级亡灵生物居住在死亡山脉的中部。至于那些高等级的亡灵生物，都在死亡山脉的最深处。

"也就是说，我们亡灵生物一共分为三个层次。高等级的亡灵生物可以随便进出低等级亡灵生物的领地，也可以说，它们统治着低等级亡灵生物。而低等级亡灵生物绝对不能进入高等级亡灵生物的领地，否则会遭到毁灭性的打击。

"所以，我只清楚在第六关和第七关的亡灵生物是什么情况，至于最后五关的亡灵生物是什么，我就不知道了。单单我知道的，第七关的亡灵生物就强大到了不可思议的地步。"

阿呆有些着急地问道："那第六关和第七关的亡灵生物分别是什么？你快告诉我啊！"

小骨头沉吟了一下，当即说道："第六关的亡灵生物被我们称为腐龙，那并不是真正意义上的龙，而是由龙的近亲地龙演化而来的亡灵生物。您可能不知道吧，千年前，地龙也是天元大陆上的一种生物，它们身长四米左右，高两米五，有尖锐的爪子和牙齿，力量极为强大。

"当初，天元大陆上的地龙本就很少，不到一千条。它们迫于暗魔族的威势臣服了，后来在同人类英雄的对战中，被真正的神龙屠戮，惨遭灭族。但它们凭借顽强的生命力和对生的渴望，吸收了来自魔界的邪恶气息，强行将本身强大的灵魂限制在了体内，于是变成了现在的样子。

"因为地龙早已死亡，所以它们全身都是腐肉，身上总散发着难闻的气味，就像僵尸一样。腐龙就是地龙所变的僵尸龙。和生前相比，腐龙比地龙强大，它们在原有的强横的物理攻击基础上，又多了剧毒这一项。它们的龙魂在吸收邪恶气息后变得异常强大。不过，您身上有神龙之血，再加上龙王的龙威，我想，您应该过得了腐龙这一关。

"而且，那些腐龙都没有飞行能力。在它们领地的上空，只有一片有剧毒的红雾。它们散发的红色毒雾并不像僵尸毒雾那样具有腐蚀性，但有很强的黏性。您想冲过去，恐怕要费些力气。"

"腐龙?! 第六关的亡灵生物是腐龙，那我们应该能冲过去。"有了对付僵尸毒雾的办法，阿呆相信，他可以用同样的办法避免和腐龙领地上空的红色毒雾碰触，"那第七关的亡灵生物是什么？"

小骨头叹了口气，道："第七关的亡灵生物是亡妖。它的强大，我根本无法用语言来形容。以它的能力，即使在高等级的亡灵生物中也能占据很重要的地位。但是由于亡妖只有它一个，所以它屈居于第七关。

"听说，它本来是一名人类女子，不知道什么原因，心里产生了极大的怨气，使得灵魂冲破了我们怨灵的境界，达到了我们无法企及的境界。它不但实力强大，而且有不弱于人类的高等智慧。"

阿呆有些不以为然，道："这么说，它也是怨灵的一种。"

小骨头道："可以这么说吧。它其实可以算是我们怨灵的王。就算集齐我们所有怨灵的能力，我们也不足以和它抗衡。它和我们不一样，我们这些怨灵都是希望能找到一个普通生物的身体，寄居进去，重获新生。而它好像很满意现在的状态，一点都不在乎怨灵的身份。对于以前的一些闯关者，它的做法只有一个，那就是将其吞噬。就算是高等级的亡灵生物，都不愿意轻易招惹它。"

阿呆问道："那它擅长的能力究竟是什么呢？"

小骨头道："它擅长的能力有三个：一是幻术，二是吞噬灵魂，三是亡灵穿刺。主人，您可千万不要小看这三个能力，尤其是幻术。它可以利用幻术，根据对付的人的不同而幻化出不同形态，那是一种非常可怕的能力。

"比如，我们最怕的是廷神的能量，而亡妖能幻化出六翼天使的模样，即使我们知道这是假的，可也会因此气势锐减。而吞噬灵魂和亡灵穿刺是两个需要配合使用的能力，它的亡灵穿刺可以无视一切防御能力，直接攻击对方的灵魂，再用吞噬灵魂的能力将对方彻底瓦解。那些高等级的亡灵生物之所以不敢和它对抗，就是因为怕被它毁灭灵魂，彻底完蛋。

"恐怕只有最高等级的亡灵生物才不怕它。主人，如果您对上它，那您可一定要小心啊！就算是神龙之血的护体能量，也是无法阻挡它那怨气冲天的亡灵穿刺的。"

听完小骨头的叙述，阿呆不禁皱起了眉头。他怎么也无法相信，凭借自己的生生变固态斗气和神龙之血的护体能量，竟然无法阻挡亡妖的亡灵穿刺。

阿呆心中一动，想起了玄月手上的守护之戒，守护之戒的防御力极强，号称可以阻挡一切攻击。作为神器唯一的特殊能力，就算那亡妖再怎么强大，应该也无法穿透吧。

想到这里，阿呆顿时信心十足，而后又道："先不说这些了。我还有个疑问，你所说的亡灵手札是什么东西？为什么凭借这亡灵手札，暗圣教就能控制你们这么多强大的亡灵生物呢？"

小骨头叹了口气，道："亡灵手札，可以说是所有亡灵生物的克星，它本是魔界冥王大人的随身法宝，算得上是一件高级神器。它拥有的能量极为怪异，虽然并不强大，但是旁人可以用它来操控任何亡灵生物，甚至普通的魔族生物。它最大的特点是精神冲击。

"我们这些有智慧的亡灵生物都知道，如果不听从暗圣教教主的命令，我们会死得非常惨。一旦被亡灵手札攻击到，我们的精神烙印就会彻底消失，永世不得超生。就算是再强大的亡灵生物，也无法抵抗亡灵手札的神力，否则，就凭暗圣教的那些人，他们怎么可能控制得住我们呢？"

阿呆再次心中一动，道："这么说，如果我把亡灵手札从暗圣教教主的手中抢过来，你们这些亡灵生物就不会再受到暗圣教教主的控制了，对吗？"

小骨头嘿嘿一笑，道："您不应该说'你们'，应该说'它们'，因为我们这些怨灵现在已经有了身体，亡灵手札再也无法对我们构成威胁，这也是我这么兴奋的原因之一。

"您说得对，只要您把亡灵手札从暗圣教教主的手中抢过来，那么将没有亡灵生物会再听从暗圣教人的命令，甚至会攻击他们。暗圣教用来控制我们的手段非常卑鄙，却也很高明。暗圣教直接控制了两种最高等级的亡灵生物，然后通过它们一级一级向下施压。我们慑于亡灵手札和最高等级亡灵生物的威势，不敢不从啊！那些没有智慧的亡灵生物，更加只能无条件地服从。"

听完小骨头的话，阿呆已经对暗圣教的情况有了大概的了解。他知道，自己此行的任务可以算是完成了，最起码知道暗圣教正如洛水说的那样，将总部设立在死亡山脉之中。得到了这个消息，他就可以回去向廷主复命，恳请廷主带领天元大陆上的人类精锐前来这里消灭暗圣教了。

"主人，我能求您一件事吗？"小骨头突然恳切地说道。

阿呆从思绪中回过神来，道："你说吧。"

小骨头道："是这样的，我知道您一定会带领人类到死亡山脉来消灭暗圣教，我想恳求您，到时尽量少杀一些亡灵生物。大部分亡灵生物不属于暗圣教，它们只是因为沦落为亡灵生物，没有别的办法，不得不为暗圣教做事。

"那些低等级的骷髅、骨鸟、僵尸已经无法挽救了；两极亡灵蛛本身极为邪恶，也可以不管它们的死活；但那些拥有很高智慧的高等级亡灵生物并不都是邪恶的啊！虽然它们属于亡灵世界，但我希望您不要将它们赶尽杀绝。您能答应我吗？"

阿呆微微一笑，道："你不是说高等级亡灵生物都很厉害吗？

为什么还怕我对付它们？"

小骨头道："虽然它们都很厉害，但您可是天元大陆的光明主啊！在您的带领下，恐怕任何艰难险阻也无法阻拦人类精锐完成铲除暗圣教的壮举。

"我希望人类尽量减少对我们亡灵生物的伤害，甚至笼络那些高等级亡灵生物。我愿意帮助您，让它们不再与人类作对。这样一来，人类也可以减少许多损失啊！"

阿呆道："我会考虑的。只要亡灵生物愿意和我们合作，我自然不会对它们展开屠戮。如果可以的话，或许我还能帮助它们，就像帮助你一样，让它们重新转世，不再做亡灵生物。"

小骨头闻言，变得异常激动："真……真的吗？那太好了。有您这句话，我一定能帮您做到的。主人，您不知道，亡灵生物虽然有着无尽的生命，但也有着无尽的寂寞。

"对于我们来说，如果能重新转世，哪怕只是当一头猪，也比在这个死寂的地方漫无目的地待下去要好啊！我想，即使是高等级的亡灵生物，也是这么想的。"

阿呆点了点头，道："可是，亡灵手札对亡灵生物构成的威胁实在太大，它们恐怕不会那么轻易地相信我，毕竟精神烙印被完全抹去是非常恐怖的。"

原本兴奋的小骨头心情顿时低落，它叹息一声，道："是啊！我就怕它们不相信您的实力和诚意，不过我会尽量让它们相信您的。下次您进入死亡山脉之前，一定要先把我召唤出来，我应该能帮上您一些。"

阿呆点了点头，道："我会的。你就在神龙之血中看护圣邪吧，我要重新控制身体了。"

说完，不用刻意控制，阿呆的意念一动，就已经从神龙之血的蓝色能量中解脱出来，沉入了自己的意识之海。

阿呆眼前一片白蒙蒙的，他感觉自己的身体似乎悬浮在云端，让他有一种虚无缥缈的感觉。

不知道过了多长时间，眼前的一切渐渐变得清晰。阿呆的意识依旧在意识之海中，金身却已经不见了。虽然场景并没有改变，但是阿呆知道，自己已经成功得到了对身体的控制权，正处于内视的状态。

感受到体内金身蕴含着的庞大能量，阿呆心头一热。这回有了怨灵附体的小骨头的帮助，他以后对付暗圣教时必将更容易一些。他调息着体内的真气运行一周，渐渐从内视状态转入现实之中。

当意念回到外界后，阿呆感觉自己的身体已经有些僵硬了。他似乎躺了很久，身上不断传来阵阵温热，那温暖的感觉不停地刺激着他，让他觉得分外舒适。

"阿呆，你一定要快点醒过来啊！你知道我有多担心你吗？阿呆，我好想你醒过来和我说说话啊！神龙说你会昏迷一段时间，可是这段时间未免太长了吧！已经过去四十九天了，整整四十九天啊，我……"

呜咽声传来。

阿呆清晰地辨认出，这是月月的声音。

他心中一阵激动，缓缓睁开双眼，眼前的景象渐渐变得清晰。

阵阵水声响起，他看到了玄月那修长的身影，她正在用水盆中的水清洗着毛巾。

阿呆吃惊地发现，自己竟然全身赤裸，连冥王剑和巨灵蛇铠甲都不在身上。

第182章
三探死亡山脉

　　玄月一边清洗毛巾，一边黯然神伤。已经过去四十九天了，可阿呆依然昏迷不醒，身体一点变化都没有。明明体内生机盎然，却没有清醒过来。

　　她轻叹一声，拧干手上的毛巾，缓缓转身，准备继续为阿呆擦拭身体。可当她转过身后，她看到一双饱含复杂情感的清澈眼眸，眸中满是深情，还有惊讶、幸福和羞涩。

　　"啪"的一声，玄月手中的毛巾掉落在地上，泪水不受控制地顺着脸颊流下。

　　苦苦等待了四十九天，她内心的担忧、害怕、期待等情绪在这一刻完全爆发了。

　　玄月猛地扑到阿呆的身旁，哭喊道："你……你还知道醒过来啊，都快急死我了！"

　　阿呆搂着玄月，内心异常充实。

他嗅着玄月的头发散发的清香，柔声道："月月，别哭，别哭，我这不是醒了吗？"

在阿呆的抚慰下，玄月激动的情绪渐渐平复了。她一边抽泣，一边在阿呆怀中轻轻颤抖。

阿呆很是心疼，下意识搂紧玄月，却陡然想起自己此刻没有穿衣服。

玄月此时也意识到两人的窘况，语无伦次起来："啊……你……你……我……"

她的脸顿时羞得通红。

阿呆也害羞了，赶忙拉过一旁的被子将自己盖了起来，尴尬地问道："我……我怎么会光着身子？"

玄月娇羞不已，却舍不得离开刚刚苏醒过来的阿呆，只好背过身坐在床边，低声说道："你昏迷了这么多天，身体总归是要清洗干净的，这些事自然由我来做最为合适。这些天以来，我每隔一天就会给你擦拭一下身体。"

阿呆伸出手臂，从背后揽住玄月的腰，再次将她搂入怀中。他没有说话，只是静静地感受着玄月身上的温度。

玄月闭上了双眼。

阿呆醒了，对她来说，其他的一切都不重要了。

良久，阿呆低声问道："月月，我的衣服呢？我想起来活动活动，你陪我到外面走走，好吗？"

"嗯。"玄月轻声答应着，有些不舍地离开阿呆温暖的怀抱，而后从一旁的木椅上将阿呆的衣物拿了过来，背过身道，"你自己穿上吧。"

阿呆微微一笑，调侃道："你都给我擦身体了，现在不能帮我穿一下衣服吗？月月，你还害什么羞啊，我……"

玄月低着头，脸上的羞红已经蔓延到了耳根，连忙说道："不，不行，之前是因为你昏迷不醒，我才给你擦拭身体的，你现在已经醒了，完全可以自己穿衣服……"

阿呆笑了笑，宠溺地道："月月，我逗你的，你别生气啊！"

玄月猛地回过头，用力地在阿呆的肩膀上捶了一下，嗔道："你好讨厌啊！你……"

看着玄月娇羞的俏脸，阿呆笑得更加灿烂了。穿上里衣后，他转身猛地将玄月拥入怀中。

玄月先是微微挣扎了一下，最终还是任由阿呆抱着她。

阿呆紧紧地拥着玄月，舍不得放开。两人直到拥抱了许久这才分开。

玄月娇羞地抬头看了阿呆一眼，低声说道："我……我去给你拿吃的。"

说完，她扭头就跑出了树屋。

看着玄月消失的背影，阿呆顿时感觉心里一阵空虚，有些怅然若失，他还没有从刚才的幸福中回过神来。

和自己心爱的人待在一起实在是太幸福了，他真想现在就和月月过上这种平淡、温馨的生活。

阿呆一边想着，一边将巨灵蛇铠甲和外衣穿好，而后把冥王剑放回胸口处的皮囊中。

感受着巨灵蛇铠甲的韧性，阿呆活动着有些僵硬的身体，顿时感觉舒服了许多。

一会儿的工夫，玄月就回来了，和她一同回来的还有岩石等人。玄月去拿食物的时候碰上了他们，一听说阿呆醒过来了，他们急忙和玄月一起来到了树屋。

"阿呆，你可醒了，大家都快急死了。"岩力一进门就大声地嚷嚷起来。

阿呆微笑着道："让大家担心了，真是不好意思。我现在已经没事了。"

众人走到阿呆身旁，岩石道："我听月月说，神龙帮你改变了精神实质，那你现在的精神力应该变得更强大了吧！"

阿呆挠了挠头，道："我倒是没有什么特殊的感觉，只是和神龙之血的联系似乎增强了不少。不过，经过第二次闯荡死亡山脉，我可以断定，黑暗势力组成的暗圣教就在死亡山脉中央。廷主大人当初的猜测完全是正确的。"

当下，他将自己在意识中从小骨头那里得到的消息向大家复述了一遍。

听完阿呆的叙述，玄月心中一喜，微笑着道："既然任务完成了，那咱们可以回去了。回去之后，咱们就把消息告诉爷爷，让爷爷赶快调遣大军前来死亡山脉，彻底消灭暗圣教。"

阿呆摇摇头，道："不，咱们现在还不能回去。"

玄月一愣，道："不回去？难道我们要留在这里观察死亡山脉的动静？可怨灵说我们无法对付里面的高等级亡灵生物，我们还是回去搬救兵比较好。"

阿呆正色道："虽然怨灵说的话可信，但我认为它并不了解咱们的实力。暗圣教现在最大的助力就是亡灵十二劫中的亡灵生物，如果我们就这么回去了，即使调来大军，恐怕损失也会很大。

"所以，我想再进一次死亡山脉，争取多打探一些亡灵生物的情况，最好是能见到几种高等级亡灵生物，并将它们的习性和实力摸清楚。这样的话，我们下次再来死亡山脉，把握就大多了。直到现在，我们从神圣廷出来不到两个月，还有一个月的时间才到当初约定的期限，再进去一次，不会延误归期的。"

玄月有些担忧："可是，我们再进去一次真的好吗？死亡山脉里有多危险，你是知道的，万一遇到我们无法对付的亡灵生物，那怎么办？"

阿呆眼中寒光一闪，道："不入虎穴，焉得虎子？为了减少人类的伤亡，我必须再去一趟。这样吧，你们都留在精灵森林等我。我带着圣邪和小骨头去一趟，我独自一人，到时候更容易逃一些，应该不会遇到什么危险。"

"不行！"玄月断然拒绝了阿呆的提议，她瞪着他，"你去也行，但要带上我。没有我的空间定位魔法，谁来保证你的安全呢？我是一定要去的。"她的语气异常坚决，根本不容阿呆拒绝。

阿呆向其他人投去求助的目光。

基努笑道："老大，你别看我们，我也肯定要去的。这种成为人类英雄的机会，怎么能让你一个人独占了呢？哈哈！奥里维拉，你是不是也要一起去啊？"

奥里维拉难得地没有和基努斗嘴，坚定地点了点头，道："我也要去，这可是我人生中的一大挑战啊！老大，我和基努都发现，经过先前两次在死亡山脉中的探险，我们现在领悟魔法比平常容易得多。在短短时间内，我们的修为竟然提升了。你就带我们去吧！大家一起去，也好有个照应。万一出事的话，还有玄月老大的魔法罩着，我们撤回来是没有问题的。"

看着众人坚定的目光，阿呆无奈地点了点头，道："那好吧！不过，这次不同以往，在小骨头的帮助下，我们一定能进入后六关。后面的关卡里究竟有多么强大的亡灵生物，我们根本不清楚，所以你们一定要听我的指挥，时刻做好撤退的准备。"

为了保险起见，阿呆等人在精灵森林中又休息了三天，把身体完全调整到最佳状态后，这才准备第三次前往死亡山脉。

岩石两兄弟、卓云、月姬一直将他们送到天元族大森林外围。

"阿呆，一切小心，早点回来。反正我们的任务已经完成了，此行不要太过勉强。等你们回来，我们就一起返回神圣廷。"岩石对阿呆道。

阿呆微微一笑，道："岩石大哥，你放心吧，我有分寸。我就算不在乎自己的生命，也会在乎月月、基努、奥里维拉他们的生命啊！"

月姬今天出奇地温柔，她凑到基努身旁，柔声说道："一定要活着回来，你还要保护我一生一世呢！"

基努不顾大家惊讶的目光，猛地将月姬搂入怀中，吻了一下，笑道："放心吧，我的好老婆，我怎么舍得抛下你呢？"

奥里维拉没好气地道："行了，别腻歪了，快走吧！"

依依惜别之后，阿呆一行四人踏上了进入死亡山脉的路。他们依旧用上次的办法，在圣邪的帮助下，成功地闯过了前三关。

当他们来到两极亡灵蛛的领地时，远远地，阿呆就看到了寒阴亡灵蛛那大片的蓝色身影。

玄月微笑着说道："又是这些讨厌的蜘蛛，还是由我来对付它们吧。"

阿呆点了点头，道："魔法不要用得过猛，只要把它们吓跑就可以了，我们现在必须保存实力。"

寒阴亡灵蛛也发现了他们，在高空之中，像一张蓝色的大网，飞快地朝他们冲了过来。

阿呆叮嘱圣邪稳住身体，冲玄月使了个眼色。

玄月低声吟唱道："以凤凰之血为引，觉醒吧，不死的凤凰。"

随着吟唱咒语，玄月胸口处红光大放，灼热的气流围绕着她的身体旋转上升。

清亮的凤鸣声响彻高空，一道红色光芒从她的胸口钻了出来，瞬间围绕着她的身体旋转起来。

火凤凰再次出现，充满神圣气息的火焰飘浮在圣邪上方，凤鸣声更加清脆嘹亮。

原本往前冲的寒阴亡灵蛛在看到玄月召唤出火凤凰之后，前扑之势骤然停止。它们惊恐地看着面前那股曾经灭掉许多族人的充满神圣气息的凤凰能量，再也不敢往前冲了。

玄月微微一笑，将手中的天使之杖向前指，头顶的火凤凰带起一道绚丽的尾焰，朝前方的寒阴亡灵蛛冲去。

感受到了死亡的威胁，寒阴亡灵蛛们几乎做出了同样的动作。它们收拢翅膀，让磨盘大的身体像自由落体一般快速向下方落去，唯恐躲闪不及。

火凤凰在空中盘旋一圈，再次飞回到玄月上方，被玄月收回了凤凰之血中。

玄月嘻嘻一笑，道："这些寒阴亡灵蛛还真是怕死啊！我只是吓唬一下，它们就全跑了。"

阿呆早已从小骨头那里得知了寒阴亡灵蛛的特性，轻叹一声，道："它们是为了族群的存亡才逃跑的。如果没有来自烈火亡灵蛛的威胁，恐怕它们就不那么容易对付了。

"即便是你的火凤凰，也只能消灭它们的一小半力量。要想消灭剩余的寒阴亡灵蛛，我们恐怕还要费一番力气啊！你忘了，之前它们吐出的冰丝威力可是非常大的。"

玄月又一次击退了寒阴亡灵蛛，此时她心情大好，笑着说道："先不管这些了。圣邪，加速前进吧！穿过怨灵的领地，我们就能看到其他亡灵生物了。"

圣邪展开双翼，快速地往前飞着。

阿呆凝神注视着下方，马上就要遇到小骨头所说的亡妖了，他不由得紧张起来。

正在这时，阿呆突然发现下方有一大片黑压压的生物，不知道是什么东西。

他心中一惊，暗想：这不是怨灵原来的领地吗，怎么会出现其他亡灵生物？幸好距离很远，那些亡灵生物似乎并没有发现我们。

阿呆赶忙轻声吟唱："以神龙之血为引，开启吧，时空的大门。"

蓝色光芒亮起。在阿呆的召唤下，大片蓝色光晕不断地在他的胸口处涌现。接着，蓝色光晕渐渐消失，一个众人从未见过的生物出现在他们面前。

这个生物通体长着密集的黑色鳞片，身长超过三十米，背上长着一对巨大的羽翼，从头部到尾巴都长着半米长的骨刺。它的黑色双眸中燃烧着两团紫色的火焰，全身散发着邪恶的气息。

它腹下四只巨大的龙爪轻轻地挥舞着，背上的双翼连扇，带起大股劲风。看起来，它似乎还有点不适应飞行。

阿呆当然知道自己从神龙之血中召唤出来的是什么，失声道："小骨头，你怎么变成了这个样子？"

眼前的生物明明是一条充满邪恶气息的黑色巨龙啊！这突如其来的变化，让阿呆极为惊讶。

黑龙渐渐控制住自己的身体，飘浮到圣邪身旁。它张开大嘴，竟然口吐人言："主人，我就是小骨头啊！我们数万怨灵集合体的能量是很强大的。和骨龙融合后，骨龙的身体也发生了变化。

"我现在不但有骨架，还拥有肉身，所以上回我和您交流时，才会说我很满意现在的这个身体。有了这个身体，我感觉自己无比强大。主人，啊，这不是我们原来的领地吗？"

阿呆扭头看了一眼震惊的玄月三人，心中大喜。小骨头对他很忠诚，有这么一个强有力的臂助，这对他来说是好事。

阿呆收敛激荡的情绪，指了指下方，道："小骨头，既然这是你们怨灵的领地，那你快看看下面那些是什么东西。难道别的亡灵生物霸占了你们的领地？"

小骨头听了阿呆的话，大吃一惊，低头看去。当它看到那大片黑压压的生物后，顿时松了口气，道："主人，您放心吧，那些并不是什么强大的亡灵生物，只不过是暗圣教中的翼人而已。可能是我们的消失引起了暗圣教的注意，所以暗圣教派这些翼人到这里来警戒。

"不过，您可以放心，以那些翼人的能力，是无法飞上千米高的天空的。而且，翼人有一个特性，那就是很少向上方探察，所以更发现不了咱们。"

阿呆皱了皱眉，道："既然暗圣教发现我们来过死亡山脉了，很可能会对我们有所警惕，我怕暗圣教会迁怒邻近的精灵族。"

小骨头连连摇头，道："这一点，您尽管放心，暗圣教是绝对不会迁怒精灵族的。现在暗圣教一门心思全在打开魔界的入口上，死亡山脉又有那些亡灵生物守护，暗圣教的人才不会起疑呢。主人，我们现在该怎么办？"

阿呆犹豫了一下，沉声道："我们去腐龙和亡妖的领地看看。你有没有办法对付腐龙领地上空的红色毒雾？我们加快速度的话，能否直接冲过去？"

第一次进入死亡山脉后，阿呆穿过僵尸毒雾时却遭到了腐蚀性的攻击，至今仍心有余悸。这次又要面对另一种毒雾，他自然十分谨慎。

小骨头道："腐龙的毒雾黏性很大，如果就这么冲进去的话，我们会像陷入一大团黏胶中，难以前行。一旦碰到那红色的毒雾，我们会在最短的时间内毒发身亡。我们怨灵从前是不怕这种毒雾的，但现在有了这个庞大的身体，那可就难说了，毕竟我对这身体的能力还不熟悉呢。

"最好的办法，就是从毒雾上方冲过去。腐龙散发的红色毒雾一般在两千米高的天空飘浮着，它们的灵敏度非常高，比僵尸毒雾要敏捷得多。我们就算伪装，恐怕也无法顺利通过。

"我们现在能做的，就是将速度提升到极致，尽量在红色毒雾升起之前快速前进。一旦被红色毒雾包围，我们就用能量结界护在外围，尽快脱离红色毒雾的包围圈。"

阿呆点了点头，道："那好吧。小骨头，你是待在外面，还是回神龙之血中？"

黑龙拍了拍羽翼，犹豫了一下，道："我现在的速度应该比龙王大人要快一些。我看这样吧，您把龙王大人收回神龙之血内，我驭着你们向前冲。不过，您可千万别把您的能量输入我的体内，因为您的能量属性偏神圣，而我的能量属性偏黑暗邪恶，我们的能量会互相排斥。"

阿呆点了点头，道："那就这样吧。如果红色毒雾升起来，我会尽量用斗气压制住它们，其他的事情你不用管，你只要全速往前飞行就可以了。圣邪，你回神龙之血吧！"

圣邪用那金色的大眼睛瞪了黑龙一眼，眼神中带着几分不满。不过，它也知道，以自己现在的能力，自己是远远比不上黑龙的。于是它低吟一声，在阿呆的咒语响起时，回到了神龙之血中。

阿呆拉着玄月和基努飘飞到黑龙那比圣邪要宽阔许多的背上。

奥里维拉则借助风势落了下来。

基努平躺在黑龙的背上，舒服地伸展了一下双臂，道："真宽啊！像平地一样。"

奥里维拉没好气地道："你小心点。这里就你没有飞行能力，你要是从这三千米高的天空掉下去，绝对会摔个粉身碎骨。"

基努仰头望天，不以为然地道："不会的，阿呆老大怎么舍得让我摔死呢？"

阿呆笑道："不是我不舍得，是月姬大姐不舍得。我可怕她了，要是你有个三长两短，我回去之后没法向她交代啊！大家准备一下，我们估计快到腐龙的领地了。"

小骨头的飞行速度确实比圣邪要快得多。它那巨大的羽翼伸展开来就将近四十米宽了，用力地拍打，虽然飞行速度比不上阿呆全力前进的速度，但也差不多。

此刻，小骨头仿佛一片乌云，驮着阿呆他们快速朝死亡山脉的深处而去。远远地，阿呆就看到了下方那片氤氲的红色毒雾。

小骨头的声音响起："主人，你们坐稳了，我要加速了。"

巨大的羽翼快速地拍打起来，速度猛增，迎面而来的劲风骤然变得强盛起来。

阿呆扭头对玄月道："如果红色毒雾冲上来，你就用结界护住小骨头，然后我在前面开路。"

小骨头的速度确实很快，虽然被下方的红色毒雾发现了，但它已经飞过了接近一半的距离。红色毒雾从四面八方飞速地向上冲来，尽管小骨头全力飞行，但在飞过接近四分之三的距离时，还是被红色毒雾追上了。

在玄月的吟唱声中，一层金色的结界将小骨头包裹在内，完全将红色毒雾阻隔在外。

小骨头冲入红色毒雾之中，前进的速度顿时大减。果然如它先前所说，此时的它像踏入了泥潭一般，难以快速前行。

阿呆眼中光芒一闪，飞身而起，落在小骨头的头上，沉声道："我帮你开路，你只管往前飞。"

他深吸一口气，丹田中的金身骤然闪亮，缓缓飘浮起来。他全身笼罩着一圈耀眼的白色光芒，双手在胸前一合，澎湃的白色生生斗气渐渐转变成银色的生生变固态能量。接着，他身影一闪，骤然冲出了玄月布置的结界，直接飞到了小骨头的前方。

此刻陷入这红色毒雾之中，阿呆才感觉到红色毒雾有多黏稠。虽然只是气体，但是比胶更难对付。红色毒雾不能侵入他的生生变固态能量之中，但能黏在外围，限制他的行动。

阿呆将金身的能量完全催动起来，又强行将生生变固态能量的范围扩大。他的身体在银色的生生变固态能量的包裹下急速旋转，周围的雾气在他的带动下轻轻地旋转起来。

阿呆不断地将生生变斗气丝散发出去，直接插入红色毒雾中。有了生生变斗气丝的介入，周围的红色毒雾渐渐被带动起来，飞快旋转。

生生变固态能量可以说是当世最强大的斗气。在生生不息的能量的支持下，阿呆像一个旋转的尖锥猛然向前冲，周围数十米范围内的红色毒雾都被他带动起来了。这样的旋转方式，阿呆可以说已经使出了全力。他的身体带着一团红色的龙卷风，如同闪电般消失在玄月等人的视线中。

玄月吃惊地发现，阿呆消失的地方竟然出现了一条数十米宽的甬道，正好能够让小骨头通过。

小骨头的大脑中集合了数万怨灵的智慧，此时此刻，它没丝毫犹豫，飞快地循着阿呆制造的甬道急速往前飞行。仅仅拍动十几下羽翼的工夫，它就带着他们得见天日了。

阿呆带着那团红色毒雾在半空飘飞，他以自己的身体为轴心，迅速一甩，将红色毒雾甩回它本来的地方。

此时，一道银色身影轻轻地飘落在小骨头的背上，正是阿呆，他的呼吸有些急促。

他刚才之所以成功，是因为利用了红色毒雾本身的特性。这些红色毒雾的黏稠性极强，总体行动速度快，但如果在它们中间打通一条甬道，它们绝对无法在短时间内将甬道闭合。所以，阿呆才想出刚才的办法，但这也消耗了他大量的斗气。

玄月拉住阿呆的手，关切地问道："你怎么样？你没有被红色毒雾伤到吧？"

阿呆微微一笑，道："你放心好了，我没有那么脆弱。不过，这红色毒雾确实比那具有腐蚀性的绿色毒雾更难对付，幸好小骨头的速度够快。"

小骨头有些紧张地道："主人，您要小心了，我们已经进入了亡妖的领地。待会儿，您可千万不要被它的幻术迷惑啊！"

话音刚落，一缕黑色的气体骤然从下方涌了上来。

小骨头心中一惊，赶忙展开双翼，控制前冲的身体停了下来，闪烁着紫色火焰的大眼睛惊疑不定地看着前方。

黑色气体闪电般地升到离小骨头三十米的地方，形成一团黑灰色的云雾，飘浮在空中。一个充满媚惑的声音响起："我已经很久没有遇到过人类了。嗯？还有条龙，真是少见啊！你们能闯过前面的六关，一定有很强的实力吧！"

听了这番话，阿呆不由得心中大惊。他们来到死亡山脉之后，这还是第一次遇到会说话的亡灵生物呢。他赶忙催动生生斗气，让生生斗气化为一个白色光罩，将众人护在其中。

小骨头身上的鳞片微微竖起，巨大的头上笼罩着一层黑色的气体。阿呆能够清晰地感觉到它心里的恐惧。

小骨头的声音有些颤抖，对黑雾道："亡妖，你还认得我吗？"

黑雾微微波动了一下："嗯？你身上怎么有那些低等级怨灵的气息？难道你和它们有什么关系？"

小骨头怒道："什么叫低等级怨灵？你只不过是发生了变异，怨气比我们怨灵稍重而已，你不要太得意了。"

黑雾似乎很惊讶，道："啊，原来你们这些怨灵找到寄体了！嗯，这黑龙的身体倒是不错，看得我都有点心动了，不如你们让给我好了。有了这个身体，我就不用怕里面的那些家伙了。"

小骨头全身一震，色厉内荏地道："不，不行，我们好不容易才有了这个身体，你不能把它抢走。"

黑雾中传出诡异的嬉笑声："这恐怕由不得你们吧。就算你们有几万怨灵，可和我相比，还差得远呢。你们能阻止得了我吞噬你们的灵魂吗？以前我是念在大家同是怨灵的分上，没有找你们的麻烦。

"识相的，立刻从这个身体中退出去，把这个身体让给我，否则我就把你们全部同化。嗯，这倒是个不错的主意。如果得到你们这些低等级怨灵的能量，我估计就可以同最里面的那个家伙斗一斗了。"

阿呆飘飞而起，悬浮在小骨头和黑雾之间，沉声道："亡妖，你不要太得意。你原本也是人类，又何必与我们为敌呢？如果你肯弃暗投明，待暗圣教被消灭后，我愿意帮助你转生。"

黑雾剧烈地颤动，从中传出了凄厉的大笑声："哈哈哈，让我投降，你觉得可能吗？人类？我早已经不把自己当人类了，我也不是人类。人类是世界上最卑鄙的存在，我希望人类全部毁灭，全部毁灭！"

亡妖似乎有些发狂，黑雾周围升腾起一圈彩色光芒。

小骨头大喊道："小心，是幻术！"

它话音刚落，那团彩色光芒骤然蔓延了周围千米的范围。

阿呆四人虽然被包裹在玄月的神圣能量之中，但还是觉得眼前一暗。一种奇异的感觉充斥众人的胸膛。

阿呆心中一凛，伸手将玄月搂入怀中，用生生变固态能量形成一道厚实的银色屏障，把他们笼罩在内。而后，他将灵觉提升到了极致，警惕地注意着周围的动静。

小骨头全身散发出一层黑色气体，顷刻间就将自己的身体笼罩在内，那似乎是它体内的怨灵的能量。一道道凄厉的吼叫声在周围响起，似乎在呼唤着什么。

第 183 章
亡妖故事

突然，周围黑暗的景象全部都消失了，小骨头面前出现了一个身影。

看到这个身影，阿呆原本搂着玄月的双手松开了，身体剧烈地颤抖着，他失声道："师祖！"

这突然出现的身影，赫然是天罡剑圣。

天罡剑圣穿着一身灰白色长袍，白色长发和衣摆随风飘舞，在众人眼中，犹如仙人一般。他嘴角挂着一丝微笑，对阿呆淡淡地说道："孩子，你还好吗？在另一个世界的师祖很想你啊！"

天罡剑圣可以说是阿呆最尊敬的人。陡然看到不惜为自己付出生命的天罡剑圣，阿呆怎能按捺得住内心的激动呢？

阿呆的泪水夺眶而出，他闪电般地飘浮到这个身影面前，抽泣道："师祖，我也好想您啊！师祖，您在另一个世界还好吗？"

玄月、基努、奥里维拉都愣住了。一时间，他们根本没想明白这是怎么一回事。

"主人，小心！这是亡妖幻化出来的虚影，您快回来！"

由于数百年生活在亡妖邪气的压迫下，小骨头对亡妖邪气非常畏惧，根本不敢上前和它对抗。

阿呆仿佛没有听到小骨头的话，魔怔般地看着面前的天罡剑圣，喃喃地道："师祖，师祖，我好想您啊！"

天罡剑圣微微一笑，道："我也很想你。孩子，把你的身体借给师祖用用吧。"

说完，天罡剑圣眼中异光一闪，在阿呆没有反抗的情况下，他的身体骤然化为一缕灰色气体，冲入阿呆的体内。

"不要——"

此时，玄月已经觉察到了不对劲，但一切已经来不及了。

化身为天罡剑圣的亡妖成功地钻入了阿呆的意识之海。

在亡妖说完那句话后，阿呆就从见到天罡剑圣的惊喜中清醒了过来。但是，由于心志被夺，他的反应速度慢了许多。而且，面对亡妖的亡灵穿刺，即使事先有所准备，可守护之戒不在他的手里，他只能眼睁睁地看着面前灰影一闪，被亡妖入侵了身体。

阿呆悬浮在空中的身体猛地停滞了，一切仿佛归于平静。

小骨头看着悬浮在空中的阿呆，心里十分担忧。熟悉亡妖的它知道，眼下亡妖一定是在吞噬阿呆的灵魂。它们这些怨灵好不容易才有转生的希望，难道又将破灭吗？

玄月勉强抑制住激荡的情绪，举起天使之杖，飞速吟唱咒语。

在急怒交加之下，她显得有些慌乱。她背上的两只巨大的金色羽翼扇动，一圈金色光环从天使之杖的透明宝石中飞了出来，向阿呆的身体罩去。

她想用自己那充满神圣气息的光系魔法，帮阿呆把体内的邪恶亡妖驱逐出去。

金色光环瞬间就笼罩住了阿呆的身体。但在那股充满神圣气息的能量就要入侵阿呆的身体之时，银色光芒突然亮了起来，生生变固态能量罩出现了，将玄月发出的魔法完全隔绝在外。

玄月的心顿时仿佛沉入了谷底。她心里很清楚，阿呆的这个能量罩极强，除非她连续用出八级以上的攻击魔法，否则她是绝对不可能攻破能量罩的。但是，如果她攻破了他的能量罩，必将伤害到他，她怎么能那么做呢？

奥里维拉和基努聚拢在玄月身旁，奥里维拉急切地道："玄月老大，我们现在该怎么办？难道就这么看着阿呆老大被那什么亡妖吞噬灵魂吗？"

玄月的声音有些颤抖："我……我也不知道该怎么办。要不，咱们先回精灵森林再想办法吧。"

"不行，绝对不行。"小骨头焦急地说道。

玄月一愣，道："为什么不行？阿呆现在这样，只有回到精灵森林，让大家帮忙，才有可能帮他驱除体内的亡妖啊！"

小骨头连连摇头，道："现在谁也帮不了主人，一切只能依靠主人自己的力量。如果你们现在将主人的身体带出死亡山脉，一旦亡妖从主人的身体里脱离出来，它将不断地摄取生人的灵魂来壮大自身，到时恐怕连廷神也无法对付它。

"我很清楚亡妖的厉害之处，它在精神领域上的攻击力极强，几乎没有人可以抵挡。除非人类的精神力能够和它那庞大的怨气抗衡，否则它将给天元大陆带来比千年前那场浩劫更大的灾难。"

玄月着急地道："那我们也不能就这么看着它吞噬阿呆的灵魂啊！要是阿呆的身体被它控制了，那该怎么办？"

小骨头叹息一声，道："主人本身的精神力非常强大，尤其是上次被神龙大人改善之后，就更加强大了。现在我们只能寄希望于主人凭借自己的力量战胜亡妖了。那亡妖根本不需要主人的身体，一旦它吞噬了主人的灵魂，必然会彻底毁坏主人的身体。"

其实，小骨头的担忧是完全没有必要的。在数万怨灵成功接管骨龙的身体，并让骨龙的能力提升以后，小骨头的实力已经超过了亡妖。

亡妖的亡灵穿刺和灵魂吞噬虽然强大，但并不能对精神力比自己强大许多的亡灵生物使用，否则它早就成了死亡山脉中最厉害的亡灵生物了。

以前怨灵因为没有本体，所以才忌惮亡妖。但是，就算亡妖再强大，在精神实质上，它不可能强得过几万怨灵的集合体。何况，现在怨灵有了骨龙的这个身体，完全可以和亡妖对抗。

只是，小骨头得到这个身体没多久，还没有完全掌握这个身体所蕴含的力量，再加上忌惮亡妖的威慑力，此刻才如此忧心忡忡。

亡妖刚见到小骨头的时候，不禁大吃一惊，它对小骨头蕴含的力量产生了惧怕的感觉。小骨头的判断是错误的，亡妖之所以入侵阿呆的身体，并不是为了毁灭他，而是急需一个寄体，来提升自己的力量。

而且，亡妖发现阿呆的精神力很强，全身充满生机。它觉得，只要自己控制了阿呆的身体，自己的实力就会大幅度地提升，到时候，它不仅不用再害怕小骨头，还可以摆脱暗圣教的控制。所以，它迫不及待地先后施展出自己的三大特技，入侵了阿呆的意识。

"啊！不，我不要阿呆死啊！"玄月再也无法压抑紧张的情绪，失声痛哭起来。

奥里维拉沉着脸，道："玄月老大，你先别急，我们再等等看。你别忘了，阿呆老大还有神龙之血呢！而且，他还是肩负着拯救天元大陆重任的光明主，怎么会这么容易就死呢？你要对他有信心。我相信，不论面对多大的困难，阿呆老大一定能够克服。"

"可是……可是小骨头说那个亡妖的精神力极为强大，阿呆能应付得了吗？阿呆主要还是依靠武技的啊！他从来没有利用精神力和敌人对抗过。"

基努叹了口气，道："现在只能听天由命了。"

小骨头将自己身上的邪恶气息和死亡气息散发开来，形成一片灰黑色的浓雾，飘浮在自己身下。然后，灰黑色浓雾托着玄月等人飞到阿呆下方，焦急地等待着。小骨头凭借着身上蕴含的亡灵生物气息，完全可以使自己和阿呆他们不被暗圣教的那些人发现。

亡妖的怨灵精神体冲入阿呆体内之后，飞快地朝着阿呆的意识之海前进。它只要成功占领意识之海，将阿呆原本的灵魂吞噬掉，那这个完美的身体就是它的了，甚至连阿呆原先的武技和能力都会属于它。

一进入阿呆体内，亡妖就大吃一惊。虽然它之前就感觉到阿呆很强大，但没想到阿呆竟然强大到了这个地步。看着那些充满神圣气息的液态生生真气，亡妖心中大喜过望，这个身体比它想象中的还要好得多。

亡妖暗自庆幸，还好自己是精神体，如果自己只是普通能量，入侵阿呆的身体，单是那些强大的液态生生真气就可以将自己完全毁灭。

如果自己成功占据这个身体，那自己的怨灵之气可以完全发挥出来，再也不用怕其他亡灵生物了。

亡妖一边这么想着，一边小心地把自己的怨灵之力减少一些，唯恐毁坏这个宝贵的寄体，而后继续朝阿呆的意识之海而去。

阿呆在亡妖入侵自己的身体之时，心中大惊，他知道，此时自己再怎么后悔都没用了。于是，他立刻将意念沉入意识之海中，和自己的精神力完全结合，等待着亡妖出现。

阿呆当然知道自己的身体被亡妖的灵魂入侵是多么严重的事，如果不将亡妖消灭或者把它赶出去，那自己就会在精神层面上彻底死亡。

于是，在亡妖到来前，金身在阿呆的控制下漂浮到了意识之海中。当意识与金身再次结合，阿呆清晰地感觉到自己完全可以如臂使指般地控制意识之海中的精神力。由于浸泡在意识之海中，金身那神圣的躯体上浮现出一层淡淡的白色光芒。此时，阿呆已经做好迎战的准备。

亡妖穿过一条条复杂的经脉，突然，它眼前一亮，面前出现了一片一望无际的海洋，海水完全是乳白色的，其中蕴含庞大的精神波动。

亡妖心中一惊。

原来这个人的精神力也很强大。看来，我想彻底吞噬他的灵魂并不容易啊！

虽然亡妖意识到阿呆不好对付，但这也增强了它想要占领阿呆身体的决心。强大的精神力、强大的身体，简直是完美的组合。它兴奋地在空中一转，加快速度，扑向意识之海。

阿呆清晰地看到一缕黑色气体从自己大脑的经脉中钻了出来，漂漂荡荡地向意识之海而来。他冷哼一声，张开双臂，一圈白色的光芒瞬间向四周蔓延开去。

原本波涛汹涌的意识之海突然静止了，上方凝聚出了一层厚实的结界。

亡妖落在结界上，冷冷地道："你不要再试图挣扎了，我吞噬灵魂的能力很强，你再怎么反抗都不可能战胜我，不如任我吞噬、同化，你不是照样存在吗？放心，我不会毁灭你的身体，我会利用这个身体成为天元大陆上的最强者。"

金光一闪，阿呆控制着自己的金身漂出了意识之海，落在亡妖面前。他冷冷地说道："这个身体是我的，你休想夺走。虽然你吞噬灵魂的能力很强，但我不相信你能吞噬得了我的灵魂。"

阿呆的金身突然出现，这让亡妖心中大惊，信心突然动摇了。看着阿呆那和外表完全相同的金身，它失声道："你……你的精神力已经达到能够凝聚成体的境界了？"

在亡妖看来，精神力能够凝聚出如此清晰的形体，那得有多么强大的实力啊！看来，眼前这个人的精神力超过了自己。

黑雾渐渐凝聚起来，不断地发生变化，亡妖已经做好全力出击的准备。

阿呆这种意识和金身结合的方法，虽然不是亡妖想象中的精神力凝聚成体，但其强大程度丝毫不逊色。凭借着自身那强悍的本源之力，阿呆此时的精神力极为稳固，没有出现一丝破绽。

阿呆淡然道："如果你现在退出我的身体，我可以饶恕你。只要你愿意帮助我们彻底消灭暗圣教，我还可以答应你，尽量帮助你转生。难道你就不想重新过一过人的生活吗？"

亡妖冷冷地道："不需要，我现在需要的是你的身体。"

这时，黑雾突然淡化，而后完全消失了。下一刻，一个绝美、纤细的身影出现在阿呆面前。

那是一名白裙飘飘的女子，全身纤尘不染，黑色长发垂过膝盖，肌肤白皙，没有一丝瑕疵，俏脸上泛着淡淡的红晕。

淡紫色的眼眸光芒流转，还蕴含着一丝媚惑，说不出的美艳。

一双赤足暴露在空气中。她的身体缓缓悬浮起来，似笑非笑地看着阿呆。

阿呆愣愣地看着面前这个容貌丝毫不逊色于玄月的白裙女子，心中突然产生了一丝怜悯。

如此美丽的人儿，谁又舍得伤害她呢？她怎么会变成了亡妖，在这个寸草不生的地方生存了千年之久呢？

阿呆微微皱眉，问道："这就是你的本体吗？"

亡妖微笑着回道："不错，这就是我生前的本体。你看看，我美吗？"

亡妖在空中优美地转了一圈，黑色长发和白色纱裙飘荡起来，姿容绚丽，美艳不可方物。

阿呆点了点头，道："美，你真的很美！论容貌，你一点儿也不比我的月月差。可是，你这么一个美人，为什么会变成超级怨灵呢？难道你生前发生了什么不好的事情？你这么美，谁又舍得伤害你呢？"

美女的魅力是无穷的，原本严阵以待的阿呆此时竟然开始松懈下来。

但是，亡妖似乎并没有发现这一点。听了阿呆的话后，她呆立在半空，喃喃地说道："谁舍得伤害我？他就舍得，他就舍得啊！我……我好傻！我为什么爱上他，为什么爱上那个浑蛋啊？"

亡妖的美眸中凶光一闪，黑色长发无风自动，整个人显得异常激动。

阿呆心中一动：亡妖之所以变成现在这个样子，一定有着非同寻常的原因。如果我能够彻底解开她的心结，说不定她会像小骨头那样真心帮助我。

想到这里，阿呆的声音变得柔和了许多："你别激动。你能告诉我，你口中的那个浑蛋是谁吗？"

亡妖的眼神变得迷茫，她飘落在地，喃喃地道："他是谁？这么多年，我早已经忘记了。我只记得他当初远离我时那怜悯又愧疚的眼神，可是，我不需要这些，我不需要，我要的是他的爱，是他的爱啊！"

话落，亡妖蹲在地上掩面而泣，身体不断地颤抖着。

阿呆心中产生了一丝不忍，他飘落到亡妖的身旁，安慰道："你不要哭了。我知道，你之所以产生了这么大的怨气，心中一定有着莫大的委屈。你已经憋闷了千年，说出来吧。说出来后，你的心里会舒服很多。我愿意当你的听众，好吗？"

亡妖的身体微微一颤，她缓缓抬头，美目凄迷地看着阿呆，道："能借你的肩膀让我靠靠吗？我好孤单，我好孤单啊！"

阿呆看着亡妖的样子，不禁想起了冰，想起了丫头，甚至想起了灭凤。他轻轻地点了点头，心情复杂地坐在亡妖身旁。

亡妖缓缓地靠在阿呆的肩上，淡淡地说道："谢谢你，你比他好多了，最起码你知道在意我的感受。当初，如果他也肯借肩膀给我靠一下，我又怎么会变成今天这个样子呢？他真的长得很英俊，身材高大，全身都充满着神圣的气息。当我第一次见到他的时候，我就不由自主地爱上了他。

"无论什么时候，他都是神态严肃，一本正经的样子。而他人很好，对谁都很好，可……可他就是不肯将他的感情倾注在我的身上。我们很早就认识了，那时候的他实力还不强，甚至比不上我，但他天生有一种领袖气质。不论是什么样的人，都愿意为他所用，成为他的助手。

"后来，他的实力不断地增强，短短几年的时间，天元大陆上就已经很少有他的对手了。我对他的爱真的很深很深，但我是个女孩子，我怎么能主动向他表白呢？他的全部心思都放在大业上，虽然我天天陪在他的身边，但是他很少正眼看过我。他对我，始终是那么冷漠。

"终于有一天，我按捺不住内心的煎熬，向他表白了。可是……可是他拒绝了我，毫不留情地拒绝了我。那时候，我悲痛欲绝啊！我却依然舍不得离开他。那时的我真的好傻啊！我以为，只要我一直留在他的身边，总有一天，他会被我感动，但是我错了。当那个贱人出现时，我就知道我错了。对我不屑一顾的他，竟然轻易爱上了那个容貌远不如我的贱人。

"我好恨，我好恨啊！我哪里比不上她啊？为什么他不选择我？最后一次战斗，为了帮助他，内心悲痛的我依然选择站在他的身边。为了他，我和那些强大的敌人战斗，可当我和那个贱人同时遇到危险之时，他竟然毫不犹豫地救了那个贱人，只是在敌人击中我的要害时向我投来怜悯、愧疚的眼神。我知道，他要离开我了，永远地离开我了。

"我就那样死了，死在了敌人的手中。我人死了，心也死了。直到敌人那冰冷的尖爪插入我的心脏，我才明白，原来我那么傻，真的好傻！我恨，我恨所有的人，我真的好恨啊！我不甘心就这么死去。就这样，在我心中无穷无尽的怨念的作用下，经过上百年的时间，我就变成了现在这个样子。"

亡妖抬头看了阿呆一眼，凄怆地道："作为一个怨灵，我没有眼泪，可我真的好想哭，好想感受哭的感觉啊……"

她靠在阿呆的肩膀上，身体不断地颤抖着，那纤细修长的十指纠缠在一起，似乎在忍受着无尽的痛苦。

听了亡妖的故事，阿呆长叹一声，他喃喃地道："是你太执拗了！你爱上了不该爱的人，一厢情愿地为他付出一切，可他就是不爱你啊，又怎么能回应你的感情呢？为了他，你竟然痛苦了这么多年，何必呢？

"别再伤心了。现在已经这样了，过去发生的所有事情都不可挽回，你现在能做的就是重新找回自我。我希望，你能帮助我消灭暗圣教，让这片你生活的山脉重归平静。我一定会尽全力帮你争取转生的机会，到那个时候，你的人生可以重来。我相信，上天决不会忍心让你再痛苦一次。"

亡妖轻轻地点了点头，道："你说得有道理，可是，我还要等多久才能转生呢？我已经等不了了。你说得对，把自己心里的话都说出来，确实舒服多了，也让我的精神力更加强大了。你的身体真的很完美啊！只要有了你的身体，我就可以再过一次人类的生活，给我吧！"

这时，一直处于悲伤中的亡妖突然变了，黑眸中寒光一闪，眼神变得无比怨毒。她闪电般消失了，变成了一个巨大的黑色旋涡，猛地将旁边的阿呆的金身罩了起来。

阿呆的心神还停留在先前亡妖说的故事中，根本没有防备，他的身体就这么完全被吞噬了。

"你好笨，你真的很好骗，这么容易就被我说的故事打动了。看来，我的魅力还真是不小啊！你的精神力很强，不过在精神失守的情况下，你死定了。你的灵魂将被我完全吞噬、同化，而我有了你的这个完美身体后，将成为最强大的人，就算是神魔二界，我也敢去闯一闯。"

阿呆感觉一阵天旋地转，从四面八方向自己传来强大的吸扯力。自己存在于金身中的意识，在这股吸扯力的作用下缓缓往外移。

他知道，自己再一次上了亡妖的当。他悔恨交加地道："你……你好卑鄙，竟然编故事来骗我。你好卑鄙啊！"

亡妖的声音在黑色旋涡中响起："不错，我确实卑鄙，可对付品性最为卑劣的人类，用卑鄙的方法再合适不过了。反正你的灵魂即将消失，我不妨告诉你，刚才我说的故事确实是真的，没有一句假话。

"不过，我根本就不想转生。千年以来，我早就把那个人的身影从自己心头抹去了。现在的我拥有了你的这个强大的身体，比转生不知道要好多少倍。你去死吧！"

黑色旋涡旋转的速度更快了。

阿呆清晰地感觉到自己的灵魂和意识就要离开金身了。在这种完全被动的情况下，他知道，自己已经没有办法了。他不禁大喊出声，拼命地挣扎着，想尽自己最后的努力。

玄月三人焦急地看着空中的阿呆。已经过去了一个小时，阿呆的身体依然悬浮在空中，没有发生任何变化。

突然，惨叫声响起。阿呆的双手抓住黑色长发，身体剧烈地痉挛着。

玄月惊呼一声，就要冲过去。

小骨头赶忙道："不要去！主人现在一定是在和亡妖决斗，千万不要打扰他。一旦影响了他的心神，恐怕一切都将不可挽回。现在，只能依靠他自己的精神力了。"

阿呆的表情越来越痛苦，他身体周围的银色生生变能量罩不断地颤动，他似乎快要坚持不住了。

就在玄月三人焦急万分之际，一团蓝色的光芒在阿呆的胸口处亮起，迅速蔓延全身，取代了原本的银色生生变能量罩。

阿呆身体的痉挛渐渐缓和下来，看起来似乎不再那么痛苦了。一切归于平静，他恢复了先前的样子，静静地飘浮在那里。

小骨头大喜，道："太好了，主人似乎占了上风。"

意识之海中，就在阿呆的灵魂即将被亡妖完全吞噬之时，一团夹杂着金光的蓝色能量瞬间包裹住了他的金身和灵魂，硬生生地将他的灵魂和意识拉了回来，重新和金身结合在一起。

阿呆清晰地感觉到从身体周围传来的温暖，全身大震。而他那强悍的金身在那股能量的帮助下在黑色旋涡中稳定下来，黑色旋涡旁边的意识之海剧烈地波动着，一股乳白色液体闪电般地钻入黑色旋涡之中。

阿呆眼中光芒一闪，他一把抓住被自己控制的意念之绳，借助意念之绳的力量，"嗖"的一声，从黑色旋涡中冲了出去。

在那团蓝色光芒的包裹中，阿呆的灵魂和意识没有受到一丝伤害，硬生生地脱离了这个本不可能离开的黑色旋涡。

"扑通——"

阿呆再次落入意识之海，夺回了对身体的控制权，恍如隔世的感觉让他惊出了一身冷汗。如果不是不久之前神龙改变了他的精神实质，让他的精神与神龙之血彻底融合，在亡妖刚才那强大的灵魂吞噬下，恐怕他的意识已经消失了。

"你……你怎么会拥有他的能力？这……这是神龙之血的力量啊！"一道惊呼声响起。

黑色旋涡消失了，亡妖再次出现在阿呆面前，悬浮在意识之海上空。她的身体不断地颤抖着，眼眸中充满了悲伤，脸色看起来比先前还要苍白。

阿呆急促地喘息着，愤怒地道："你真卑鄙！不要再在我面前装可怜，我不会再给你偷袭我的机会。"

说完，阿呆双手一合，其身体周围的蓝色光芒强盛，意识之海剧烈地波动起来。而后，他的双手分开，猛地朝亡妖推去，澎湃的海浪夹杂着神龙之血的神圣能量，骤然向亡妖的身躯罩去。

亡妖似乎还没有从刚才的惊讶中回过神来，只是下意识地飘荡而起，躲避着阿呆的精神攻击。

"不要动手，我有话问你。"亡妖的美眸中闪过哀求之色。

可是，刚上了一次当的阿呆，又怎么会如此轻易地再相信她说的话呢？

阿呆越来越熟练地控制着意识之海中的精神能量，不断地发起一次又一次有力的攻击。

亡妖被不断地攻向自己的精神能量惹怒了，身体猛地停滞在空中，双手各自幻化出一团黑色旋涡般的能量，接连挡下阿呆的几次攻击。

亡妖怒道："小子，你别以为我怕了你。就算你有神龙之血的帮助，想要战胜我也不是那么容易的事。我有话问你，等问完了，我们再打也不迟。"

阿呆冷哼一声，停止了精神攻击，却控制着意识之海在自己的身体周围凝聚出了厚实的屏障："我和你这种龌龊的怨灵还有什么好说的？我不会再被你骗了！"

亡妖收敛手上的黑色能量，淡淡地说道："论精神力，几乎没有人能超过我，即使是实力比我强很多的亡灵生物。我问你，你这神龙之血是从哪里来的？是不是他给你的？你一定是他的徒弟，对不对？"

阿呆一愣，反问道："你说的那个他是谁？神龙之血不是师父给我的。"

亡妖恨恨地道："除了神羽那个浑蛋，还能有谁？说，你和他究竟是什么关系？你长得这么普通，向来注重外表的他怎么会收你为徒？"

第184章
任务结束

阿呆冷冷地道："我不是神羽的徒弟。你口中的神羽是神圣廷第一任廷主吧，也是上一代的光明主。你不要忘了，我可是人类，不是亡灵，我今年才二十几岁，怎么可能认识千年前的光明主？"

此时的阿呆已经明白，亡妖当初爱上的那个人，就是千年之前带领人类击溃暗魔族的最伟大的英雄——光明主神羽。

亡妖喃喃地道："是啊！他是人类，你也是人类，相隔千年，你们是不可能认识的。"

她忽然抬起头，神情凄迷："可是，你为什么会有他的神龙之血呢？那可是他最宝贝的东西。他对这件神器的重视程度甚至远超于我。"

阿呆说道："你知道普岩族吗？当初，神羽陛下击溃暗魔族后，就将神龙之血送给了普岩族，而普岩族当代的先知又把它送给了我。"

"普岩族？原来是那个倒霉的族群。时隔千年，普岩族居然还存在。神羽竟然肯把神龙之血送给普岩族，这真是太不可思议了。可是，据我所知，即使是当初的神羽，和神龙之血都没有如此紧密的精神联系，而且，那时的神龙之血也没有现在这么强。你还隐瞒了我其他事情，对不对？"

阿呆冷笑一声，道："我有什么可对你隐瞒的？虽然我自己不能确定，但有很多人都说我是现今的光明主。神龙之血之所以发生变化，是一次偶然机会造成的，我也不知道是怎么回事。

"我来死亡山脉的目的是探察暗圣教总部的具体位置，然后带人来消灭暗圣教，阻止暗圣教打开魔界入口。你们这些亡灵生物不也一直受到暗圣教的压迫吗？你难道不希望暗圣教被彻底消灭吗？我们可以说是站在同一战线上的。"

亡妖沉思着，喃喃地念叨着"光明主"这三个字。经过千年，她确实已经将神羽渐渐淡忘了，心中只留存着恨意，可刚才袭击阿呆之时，她从阿呆的身上清晰地感觉到神龙之血蕴含的熟悉能量。这使她仿佛回到了当初和神羽在一起的日子，淡忘的身影再次变得清晰起来。

亡妖爱神羽爱得极深，时间只是让她将感情埋藏在内心深处，她并没有彻底忘记神羽。此时内心的感情被勾起，她再也无法控制自己的情绪了。

亡妖叹息一声，道："看来你和他一样，都是天元大陆的光明主，都拥有神龙之血和强大的力量。虽然你的容貌和他相差甚远，修为也比不上他，连气质都不一样，但是……不知道为什么，在感觉到神龙之血蕴含着的熟悉能量之后，我眼前的你仿佛变成了他的模样。"

阿呆这回丝毫没被亡妖的言语打动，冷冷地道："少说废话！是战是和，你自己决定吧！"

亡妖秀眉微蹙，道："你以为你现在占了上风？你不要忘了，我有着亡灵穿刺的能力，可以突破你外围的防御，直接攻击你灵魂的本体。你就算有神龙之血的帮助，结果也不会差多少。我还是有很大机会能够吞噬你的灵魂。"

阿呆张开双手，身体周围的意识之海随着他舞动的双手而微微荡漾着。他淡淡地说道："既然你有把握吞噬我的灵魂，那你就来吧！我的精神力很强，足够抵挡你一阵儿了。鹿死谁手，尚未可知呢！我已经感觉到了你心中的恐惧，其实你根本没有成功的把握吧！"

亡妖微怒，道："你不要太得意了！我是看在你和他一样是光明主的分上，才和你说这么多的。就算你能胜我，那又怎么样？只要你大脑中的任何一条经脉被我的怨灵之气腐蚀，你就会变成一个白痴，再也无法完成你身为光明主的使命。"

亡妖的俏脸突然变得更加苍白，她有些疲倦地道："可是，我现在不想和你打了，我很累，真的很累。我要离开了，你不会阻拦我吧。"

阿呆一愣。看到亡妖真情流露，他的心中不由得有些难受。他当然希望亡妖赶快离开，但此时的他心中产生了怜悯。

阿呆轻叹一声，道："我不想伤害任何人，也不想伤害你。如果你刚才说的一切都是真的，那我们根本就不应该成为敌人。就算神羽陛下对不起你，那是他一个人的事，你不应该归咎于其他人。你不要忘了，你本身曾是人类的一员，就算你现在变成了亡妖，仍然用的是人类的思维方式。

"你走吧，我不会再奢望得到你的帮助，我只希望不要和你成为敌人。日后当人类精英前来这里消灭暗圣教的时候，我希望你不要和人类为敌。你尽管放心，我们一定会找到亡灵手札，然后将它彻底销毁。只要不和我们作对，我们绝对不会为难你们亡灵生物。死亡山脉仍然是你们的家，永远都是。"

亡妖眼神迷离地看着阿呆，道："像，你们真的好像啊！刚才你说话的语气就和他一样。当年，他也总是这么大义凛然地为别人着想。你能告诉我，你叫什么名字吗？"

阿呆一愣，下意识地回答道："我叫阿呆。"

"阿呆？好奇怪的名字啊！不过，这名字倒是和你的外表挺符合的。你……你能抱我一下吗？当年我那么爱他，他都没有抱过我一下，你能代替他抱我一下吗？只要一下就好。我……我现在真的好想他。"亡妖的声音哽咽起来，身体微微地颤抖着。

阿呆全身一震，淡淡地道："难道你还想再骗我一次吗？我不会再上当了。"

亡妖凄怆一笑，道："是啊！你怎么可能还会相信我呢？你放心，就算你不抱我，我也不会再侵占你的身体。我想问你一件事，你有心爱的人吗？"

阿呆点点头："有。你刚才应该看到了，就是在小骨头背上的那个姑娘，她就是我心爱之人。"

亡妖道："小骨头？这个名字真是有趣啊！是你给那群怨灵起的名字吧！它们都是些胆小的家伙，从来不敢和我交流。那姑娘真的很美，刚才看到她的时候，我都有些嫉妒了。你真是好福气啊！好好待她吧，能找到这么一个好姑娘，不容易啊！"

亡妖顿了顿，又低声说道："你真的不能满足我的这个要求吗？我只是想让你抱我一下，我现在真的好难过。"

阿呆木然地站在那里，没有说话。看着亡妖凄美的神情，他的内心在挣扎，不知道该如何是好。

亡妖轻叹一声，道："算了，让你抱一个不爱的人，实在是太难为你了。更何况，我们先前还是敌对的。我走了，再见。你放心，如果你日后带领其他人类再次来到死亡山脉，我是不会和你们为敌的。"

说完，亡妖白色的身躯缓缓地飘荡起来，朝着阿呆大脑的经脉飘去。

看着亡妖那凄凉的背影和宛如诀别的样子，阿呆的心剧烈地颤动着。

在心中善念的作用下，感情战胜了理智，他仿佛不受控制地喊道："等一下。"

他的金身飘飞而起，瞬间拦在了亡妖的面前。

亡妖眼中闪过一丝惊喜，身体微微颤抖着："你……你愿意抱我了吗？"

阿呆轻轻地点了点头，道："虽然我不是他，但我愿意代替他给你一个拥抱。同为光明主，就算是我替他偿还你一些吧。不过，我们之间并没有什么，在抱你的时候，我只会把你当成我最心爱的月月，可以吗？"

亡妖微笑着道："我还能有什么别的要求呢？对我来说，这就已经足够了。你现在不怕我吞噬你的灵魂了吗？"

阿呆轻叹一声，道："如果你还会那么做的话，那就只能证明我看错了人。在我心中，你是一个可怜、可悲之人，付出了那么多，最后却落得如此下场，我希望我们能够成为朋友。"

亡妖的身体剧烈地颤抖起来，她缓缓地向阿呆飘来，喃喃念叨着："阿羽，阿羽，我真的好爱你，好爱你。"

两滴用精神能量幻化出来的眼泪从亡妖的美眸中流出，在阿呆金身上的金色光芒的映衬下显得那么神圣。

这一刻，阿呆眼中的亡妖不再是一个邪恶的存在，完全变成了一个痴情的可怜女子。

他下意识地张开双臂，轻轻地将亡妖拥入怀中。

当两人的身体碰触在一起时，来自精神层面的接触使得他们的身体都剧烈地颤抖起来。

阿呆此时沉浸在对玄月的情感之中，而亡妖仿佛投入了自己最心爱的神羽怀里。

两人就那么在空中轻轻地拥抱，感受着各自内心的情感，说不出的满足。

亡妖身上的怨气越来越淡，不知道过了多长时间，竟然再也没有一丝邪恶和怨恨了。她沾上了阿呆身上的神圣之气，仿佛变成了一个白裙飘飘的仙女。

亡妖缓缓抬起头，在阿呆的面颊上轻轻一吻，眼神迷离地道："够了，这就已经足够了。我真的好满足。我的心完全被爱填满，再也没有一丝恨意了。"

感受着从亡妖身上传来的温暖，阿呆轻声说道："其实你从来都没有恨过他，只是对他爱得实在是太深了。一切早已过去，不会再有什么改变，而你已经痛苦了千年，不要再痛苦下去了，现在的你完全属于自己，快乐起来吧！

"我想，当初他没有救你，心里一定很后悔。亡妖，不论什么时候，我都会是你的朋友。只要有我在，我不会允许任何人再伤害你。做回自己吧！我想，以前的你一定是个快乐的姑娘。"

亡妖低声抽泣，喃喃地道："谢谢，谢谢你愿意把我这个怨灵当成朋友，也谢谢你满足了我的愿望。阿呆，从此刻起，我们已经是朋友了。原谅我之前所做的一切吧！从现在开始，我不会再伤害任何人了。

"阿呆，我要走了。我想，你的爱人和朋友一定很担心你，你快回去吧！记住我的名字，我叫纤纤。再见了，当一切事情结束后，我希望你能经常来看看我，这就足够了。"

突然，白色身影一闪而出，纤纤怀着满足而激动的心情离开了阿呆的意识之海。

看着纤纤消失的方向，阿呆的嘴角露出一丝微笑。他自言自语地道："纤纤，你不再是怨灵了，只要我能活着完成拯救天元大陆的使命，我一定会让你拥有全新的生活。"

白色身影一闪，一道光芒从阿呆的眉心处钻了出来。白色身影渐渐扩大，纤纤那绝美的身姿出现在玄月三人面前。

玄月心中一惊，她从面前这个美丽的身影上感觉不到一丝邪恶和敌意了，但依旧下意识地举起天使之杖，沉声道："你是亡妖！"

纤纤冲玄月微微一笑，淡然道："是，我就是亡妖。"

玄月眼中寒光一闪，一圈金色光芒闪电般地向纤纤袭去。

纤纤没有丝毫惊慌，俏脸上带着一丝微笑，身体在风中飘舞。淡淡的白色气体顷刻间蔓延了全身，她从容地穿过了玄月散发出来的神圣能量。

玄月刚要继续发起攻击，阿呆已经通过意识之海重新控制住了自己的身体，赶忙飞到玄月身旁，道："别伤害她。"

玄月一愣，问道："阿呆，你没事吧？她没有伤害你吧？"

纤纤替阿呆回答了这个问题，她微笑着说道："小妹妹，我已经想清楚了，我要谢谢他才对，又怎么会伤害他呢？我刚刚没伤害他，以后也不会。你真的很幸福，有个这么好的男人爱你，你好好珍惜他吧！再见了。"

说完，白色身影一闪，纤纤的背影消失在众人的视线中。

听了纤纤的话，小骨头吃惊地道：“亡妖明悟了？这……这太不可思议了。”

阿呆一愣，道：“明悟？你说的是什么意思？”

小骨头解释道：“我们怨灵都是以庞大的怨气为根基而产生的。一旦我们彻底明悟，将生前发生的一切想明白，我们将不再是怨灵，而是成为可以飞升神界的神灵。那样的话，我们就可以自由地转生了，而且我们的气质会完全改变。

“可是，这对我们这些怨灵来说实在是太难了。想清楚生前发生的事，彻底消除生前的怨恨，这几乎是不可能的。亡妖的怨气有多强，没有人比我们这些怨灵更清楚了。主人，你是怎么做到的？这……这未免太神奇了。”

玄月神色微变。之前看到纤纤那绝美的身姿时，她的心中不由得产生了妒意，此刻她噘起小嘴，问道：“阿呆，这到底是怎么回事啊？先前她还和我们为敌，怎么到你的身体里转了一圈出来后转变就这么大？她竟然还明悟了？”

阿呆微微一笑，在玄月的额头上轻轻一吻，说道：“她是一个可怜的女子。当初是因为深爱的人不喜欢她，不顾她的死活，死后的她才会变成这个样子。我只是开解了她。她想明白之后，自然就不会和我们作对了。

“下回我们再来死亡山脉的时候，我想，她一定会成为我们最好的朋友。月月，在听了她的故事以后，现在的我更加珍惜你了，我绝对不会让你受到一丝伤害。”

为了尊重纤纤，也为了不让玄月误会，阿呆只是简单地将刚才发生的事情说了一下。事实上，他本身和纤纤并没有什么，而纤纤只是把他当成神羽，和他拥抱了一下，他也只把纤纤当成一个可怜的朋友。

　　玄月的身体一颤，靠入阿呆的怀中，她为自己先前的嫉妒而感到羞愧，自己竟然和一个亡灵争风吃醋，真是太可笑了。而且，她怎么能怀疑阿呆对自己的爱呢？此刻的她，全然忘了自己仍然身处死亡山脉之中，心中只有对阿呆浓浓的柔情。

　　奥里维拉咳嗽一声，道："两位老大，你们等回去了之后再亲热，好不好？阿呆老大，我们现在该怎么办啊？我们是继续向里冲，还是回去？已经过去三天了，我都快饿死了。即便要再向里冲，我们也得先回去补充点食物吧！"

　　奥里维拉一边说着，一边揉了揉自己的肚子，摆出一副饿坏了的样子。

　　基努苦笑道："饿倒不算什么，主要是咱们都出来三天了，恐怕大家会担心。我怕月姬一冲动，自己跑到死亡山脉中来找咱们，那可就麻烦了。"

　　阿呆全身一震，失声道："什么？都过去三天了？我怎么感觉才过去一会儿的工夫啊？"

　　玄月从阿呆怀中抬起头来，嗔怪道："什么一会儿，足足三天了呢！要不是小骨头用它的怨灵能量把我们伪装起来，恐怕我们早就被那些亡灵生物发现了。我们还是先返回精灵森林再说吧。"

三天来，玄月看着阿呆完全呆滞的样子都快急坏了，几次试图用自己的神圣能量去帮阿呆，但都被小骨头拦住了。她现在只想和阿呆立刻离开这个危险之地。她的心脆弱极了，再也承受不了看到心爱之人陷入危险中的那种紧张和担忧。

阿呆点了点头，道："那好吧，我们现在就回去。我想，我们没必要再向里面打探了。通过和亡妖的斗争，我现在已经明白亡灵生物有多强大了，一切等我们和廷主大人会合以后，带领人类精英来这里再说。只有凝聚全人类的力量，我们才有可能将暗圣教彻底消灭。"

随后，阿呆默念咒语，让小骨头返回了神龙之血。

玄月迅速联系上自己的空间定位魔法阵。光芒一闪，四人同时消失在了亡妖纤纤的领地上空。

他们刚消失，纤纤的身影再次出现了。她双手合十，喃喃道："阿呆，谢谢你，祝你一切顺利。"

光芒又一闪，玄月的空间定位魔法阵再次启动了。

阿呆四人同时出现在了魔法阵中央。

"咦，怎么一个人都没有？"玄月疑惑地说道。

阿呆发现了同样的问题。精灵古树的树屋中空荡荡的，果真是一个人影都没有。他皱了皱眉，道："不应该啊！精灵女王阿姨不是说会派人一直守在这里吗？就算他们不在，岩石大哥他们也应该在这里的啊！不好，会不会是精灵森林出事了？难道是暗圣教带人来袭？"

一想到精灵族可能面临毁灭性危机，阿呆顿时焦急万分，率先从精灵古树的树屋中冲了出去。由于他的身上带着精灵之镯，精灵古树中自然而然地出现了一条通道。

玄月、基努和奥里维拉赶忙跟了出去。

他们出了精灵古树，目光落向精灵湖畔时，都大吃一惊。只见精灵湖畔聚集了大量精灵族的人，他们全副武装，分成精灵魔法师和精灵弓箭手两个阵营，一副严阵以待的样子。

阿呆催动体内的生生真气，飞速冲向岸边。

精灵们看到阿呆出现，显然都吃了一惊，但转瞬间，眼眸中都流露出兴奋。

阿呆拉住一名精灵急切地问道："这是怎么了？难道暗圣教又发起攻击了？"

这名精灵摇了摇头，道："不是啊！敌人没来攻击我们。我们在这里集合，是准备到死亡山脉中去找你们。"

就在这名精灵回答阿呆的问话时，精灵队伍向两旁让开。精灵女王带着四名大精灵使以及岩石两兄弟、卓云、月姬走了出来。

岩石一看到阿呆，立刻冲了上来，他紧紧地抓住阿呆的肩膀，兴奋地道："阿呆，你小子总算回来了，我们都快急死了。若是今天再不见你们回来，精灵女王阿姨就要率领精灵族的大军前往死亡山脉找你们了。"

原来阿呆四人走后，众人一直在苦苦地等待。第一天，他们尚且耐心地等着，但到了第二天，他们就不约而同地着急起来。死亡山脉中有多危险，他们都深深地体会过。两天过去，不见阿呆四人回来，他们开始胡思乱想，对阿呆四人的安危极为担忧。

到了第三天，月姬第一个忍不住了。她非要独自前往死亡山脉寻找阿呆他们，可岩石又怎么会让她去呢？他好不容易才将她拦了下来。

今天一早，精灵女王毅然决定带领所有族人冲进死亡山脉。对于精灵族来说，阿呆是拯救了全族的大恩人。虽然精灵族的存亡很重要，但为了报答阿呆的恩情，精灵女王顾不了那么多了。

此时，精灵族刚刚集结好队伍，准备出发，却得到了阿呆四人安全返回的好消息，于是精灵女王和岩石他们赶忙来到精灵湖畔。

感受到岩石等人对自己深厚的情谊，阿呆的眼睛不由得湿润了："谢谢，谢谢你们。岩石大哥、精灵女王阿姨，我真不知道该说什么好了。"

精灵女王微笑着道："你什么也不用说了，我都明白。阿呆，无论什么时候，精灵族都会全力支持你。对于这一点，你完全可以放心。"

而后，精灵女王扭头看向奥笛，道："大精灵使，你安排大家回到各自的岗位吧，此次前往死亡山脉的行动取消了。"

听到不用前往死亡山脉，其他精灵都欢呼起来。一向爱好和平的他们，又怎会愿意参与斗争呢？

阿呆等人在精灵女王的带领下回到了精灵古树的树屋之中。

刚坐下来，岩石就迫不及待地问道："阿呆，你们此次行动的成果如何？"

阿呆微笑着回道："此次行动的成果还可以，我们已经闯到了亡灵十二劫的第七关。确切地说，我们成功地通过了前七关。"

当下，他将此次行动的详细经过说了一遍。

听完阿呆的叙述，岩石有些担忧。他叹息一声，道："阿呆，你想过没有，虽然你们通过了前七关，但人类联军恐怕没那么容易通过那些关卡，毕竟人类高手中拥有飞行能力的都没有几个。对付那些悍不畏死的亡灵生物，我们只能硬拼。将它们一拨一拨地消灭掉，我们才能冲入死亡山脉的深处。等到了你所说的第七关，损失之大，恐怕是你根本想象不到的。"

阿呆沉吟了一下，点头道："岩石大哥说得有理，想穿过死亡山脉确实不是一件容易的事情。除去可以用光系魔法通过的第一关不说，从第二关开始，那些亡灵生物就不好对付了。

"它们最可怕的就是再生的能力，除非是高等级武者或者魔法师，否则很难将它们的身体完全摧毁。到了僵尸、两极亡灵蛛，甚至是腐龙的领地，恐怕就更难通过了。"

玄月微微一笑，道："你们也用不着这么担心。虽然死亡山脉中危险重重，但是我们神圣廷好歹在天元大陆上屹立了千年之久。有些东西，是你们想象不到的。这些就交给我们吧。等见到爷爷，他老人家一定能想出对策。拯救天元大陆，我们神圣廷是绝对的主力。"

岩石微笑着道："既然月月对神圣廷这么有信心，那我也就没什么可说的了。好吧，那咱们明天就走。我看这样好了，月月，你直接返回神圣廷，阿呆回天罡剑派，我们兄弟俩回普岩族，奥里维拉回大陆魔法师公会，基努则回天金魔法师公会，我们各自用最快的速度将这边的消息传回去，然后立刻集结大军，在神山会合后，再返回这里，和暗圣教决一死战。"

听了岩石的话，玄月有些为难地道："我……可是我不想和阿呆分开啊！我要和他一起去天罡剑派。"

看着玄月低垂的脑袋，阿呆心中一热。他知道，月月是怕自己在和三大剑圣比试的时候受伤。

他微笑着说道："月月，咱们不用分开啊！还有二十几天才到四大剑圣比试之期，而神圣廷和我们天罡山离得不远，这样好了，我先陪你回神圣廷，把这边的情况向廷主汇报后，我们再赶回天罡剑派。反正，我们天罡剑派就算要参与这次的行动，也必然会等到四大剑圣比试结束之后。"

玄月顿时转忧为喜，拉着阿呆的手说道："好啊！那就这么定了，你可不能反悔。"

阿呆捏了捏玄月可爱的小鼻子，微笑着道："我什么时候跟你说话不算数过？这样吧，我们今天在精灵女王阿姨这里休息一晚，明天一早立刻启程。最关键的战役马上就要开始了，我相信，我们各方势力联合起来，一定能将暗圣教的阴谋彻底粉碎，还天元大陆太平。"

当下，众人向精灵女王告别后，返回了精灵湖畔的树屋之中。

精灵女王派人给他们送来许多新鲜的水果。

众人饱餐一顿后，纷纷进入打坐、冥思状态。

此次行动，他们打探到了暗圣教总部的具体位置，而且没有人受伤，心情都非常好。

第185章
暗圣教侵袭

第二天清晨，众人依依惜别后，就离开了精灵森林，分别朝着不同的方向而去。

岩石两兄弟、卓云、基努和月姬一路同行。月姬因为离开月痕佣兵团有一段时间了，她决定在陪基努返回天金魔法师公会之前，先顺道去一趟红飓族，一是回月痕佣兵团看看，二是将关于暗圣教的消息传回月痕佣兵团。

奥里维拉则和阿呆他们一道顺着原路返回，直到抵达神圣廷再分开。

为了缩短赶路的时间，阿呆召唤出了飞行能力超强的小骨头，让它驮着自己和玄月、奥里维拉飞快地朝神圣廷的方向前行。

初次离开死亡山脉，小骨头异常兴奋，一边飞行，一边欣赏着四周的景色。凭借自身不错的飞行能力，仅仅用了三天时间，它就驮着他们穿过了亚琏族广阔的大草原上空，来到了神圣廷附近。

经过这三天的飞行，怨灵完全和它们现在的这个身体融合了，也渐渐地掌握了骨龙原有的能力。

本来阿呆想召唤出圣邪，让它也在外面放放风，可圣邪感应到小骨头强大的实力后，这回倒是主动要求留在神龙之血内修炼。

对于圣邪来说，作为龙王一脉，如果连自己的小弟都比不上，心里是难以接受的。此时的它，完全沉浸在苦修之中。

"小骨头，降落吧，马上就要到神圣廷的领地了，而你毕竟是邪恶属性的，若被神圣廷的廷司和神圣骑士发现，那就不好了。"

"是，主人。"

自从那天阿呆感化亡妖纤纤之后，小骨头就对阿呆佩服得五体投地，对他言听计从。

小骨头找了一个没人的地方，稳稳地落在地上。它那四只巨大的龙爪抓住地面，身上的黑色鳞片在阳光照射下显得异常神武。

而后，阿呆拉着玄月和奥里维拉飘然落地。

奥里维拉道："阿呆老大、玄月老大，我就不跟你们进神圣廷了，我要赶快把死亡山脉的事情传回大陆魔法师公会，还要告诉华盛帝国的人，让大家做好准备。这回剿灭暗圣教的行动，说什么我们也要强过落日帝国的那些浑蛋，让那些家伙见识见识，什么才是真正的实力。"

阿呆微微一笑，道："恐怕落日帝国除了风系魔导师比因落格以外，就没有能够参加此次行动的精英了。"

玄月道："没有也无所谓啊！我们这次的行动规模是空前的，

需要的经济支援一定不少。既然落日帝国赚了那么多黑心钱，总归是要吐一些出来的。这回，可够泉依心疼的了。我相信，他是不敢不出钱的。我真想看看，他接到爷爷的命令时是什么表情。"

三人不约而同地想起泉依那张青白色的脸，忍不住大笑起来。对于落日帝国，他们都没有一丝好感。

笑声收敛，奥里维拉朝着玄月和阿呆微微施礼，道："两位老大，咱们就此别过。你们一路小心！不久之后，咱们在神圣廷再见吧！"说完，他给自己施展了一个加速术，飞快朝光明行省的方向而去。

看着奥里维拉的背影渐渐消失，玄月微微一叹，道："前几天大家还待在一起，热闹得很，现在就只剩下咱们两个了。"

阿呆将小骨头收回了神龙之血，搂着玄月的肩膀，微笑着道："你还是这么喜欢热闹。等这一切都结束以后，我们还会聚在一起的啊！到时候，我们可以和朋友们找个山清水秀的地方定居，过上平静、安逸的生活，再也不用四处奔波了。哥里斯老师的迷幻之森和精灵森林都是不错的地方，哈里大叔所在的那个小村子也不错，这些地方都是我们定居的好去处。"

玄月轻轻地靠上阿呆的肩膀，柔声说道："我是爱热闹，但要有你在身旁才好。只要能和你在一起，无论住哪里，我都愿意。"

阿呆紧紧地搂住玄月，轻吻她，两人相互感受着彼此的深情，完全陶醉在对未来的憧憬之中。此时，空中飘过一片云，为他们遮住了刺目的阳光。

没有了阳光的照射，空气中顿时多了几分凉意。在清风吹拂之下，他们渐渐从亲昵中清醒过来。

玄月羞涩地将俏脸埋入了阿呆的怀中，娇羞得不敢看他。

阿呆心中充满了柔情，轻声道："咱们走吧！"说完，他拥着玄月在白色的生生斗气包裹中飘飞而起，朝着神山的方向而去。

刚进入神山，阿呆就发现不远处有大队神圣骑士在巡逻。

神圣骑士们都紧张地注视着周围，紧握着手中的骑士剑，唯恐放过一点动静，防卫之森严，似乎已经到了草木皆兵的地步。

阿呆对玄月笑着说道："你看，神圣廷的防卫多么严密，看来廷主爷爷现在也紧张得很啊！"

玄月皱了皱眉，道："不对。按理说，不应该有这么严密的防卫，这里毕竟是我们神圣廷的重地啊！"

阿呆一愣，道："咱们过去看看吧！问一下，不就知道了？"说完，他拉起玄月的手飘飞而起，朝神圣骑士们的防御圈而去。

他们刚接近防御圈，突然一声大喝传来："站住！什么人竟敢擅闯神山?！"

上百名神圣骑士在发现阿呆和玄月后迅速地围了上来，手中的长剑全都指向两人的要害，似乎只要发现一点异常，他们就会立刻发动攻击。

这些神圣骑士都是神圣廷最低级的圣职人员，平日里根本没有见过玄月，更何况，玄月现在身上穿的只是普通的淡蓝色长裙。

玄月的脸上没有了面对阿呆时显露出的柔情，变得异常威严。

她沉声道："神圣廷出了什么事？我是红衣廷司玄月。"

神圣骑士们都露出疑惑的表情。他们虽然听说过上任没多久的红衣廷司玄月是一名非常年轻的女子，而且是玄夜廷司的女儿，但此时他们不敢轻易相信。

为首的神圣骑士队长试探地问道："既然您是玄月红衣廷司，那您能不能出示一下身份证明？"

玄月心中一紧。她猜测神圣廷很可能出事了，否则神圣骑士们不会这么紧张。

她点了点头，道："可以。"

于是，她随手一挥，打开空间结界，将红色廷司袍取了出来，接着套在自己的身上。在她的刻意催动下，一圈金色的神光从体内散发而出，转瞬间在她的身体周围凝聚成一道厚实的屏障。

感受到充满神圣气息的强大能量，那名神圣骑士队长顿时相信了玄月的身份。他赶忙收起手中的长剑，单膝跪地，道："参见红衣廷司大人。"

玄月应了一声，道："你们都让开吧，我们要立刻回神圣廷，面见廷主大人。"

神圣骑士队长站起身，疑惑地看了阿呆一眼，道："能不能请这位大人也出示一下身份证明？"

玄月微微皱眉，道："他是神圣廷最尊贵的客人，要出示什么身份证明？难道有我在这里证明还不行吗？"

神圣骑士队长恭敬地道："对不起，红衣廷司大人，这是廷主大人下达的命令——不论是谁，都不能随意出入神山。出去的人，必须有廷主大人的手谕；进来的人，则必须有我们神圣廷圣职人员的证明。这是新增的规定，您可能还不知道吧。"

玄月疑惑地道："神圣廷是不是出事了？为什么防卫变得如此严密？"

神圣骑士队长道："对不起，红衣廷司大人，小的只负责巡逻，其他事情一概不知，请您谅解。还请这位大人出示身份证明，否则我们不能放你们过去。"

阿呆哪里有什么身份证明啊？此时，他不禁为难起来，对玄月道："怎么办？我可没有什么可以证明身份的东西。"

玄月对神圣骑士队长沉声说道："今天是哪位统领当值，叫他过来见我。我是廷主大人的孙女，难道你们还信不过我吗？"

神圣骑士队长淡淡地说道："对不起，红衣廷司大人，廷主吩咐过，就算是拥有神圣能量的圣职人员，也不能违反他的命令。我们统领现在在神山的另一面巡视，恐怕短时间内无法过来，要不，您等一会儿吧。"

玄月的耐性彻底被磨光了，怒喝道："我们回神圣廷是有大事要向廷主大人禀报，你们拦着不让我们进，如果耽误了大事，谁来负责？"

这名神圣骑士队长可以说是油盐不进，脸上依旧是淡漠的表情。他道："可如果我放你们进去，我必将受到上面的惩罚。守卫这里是我的职责，请您谅解。我想，廷主大人不会惩罚一个恪尽职守的手下。"

"你……"

玄月怒火中烧，澎湃的神圣气息释放而出，压迫得周围这百名神圣骑士不由自主地向后退了几步。

但是，即使面对玄月如此强大的气势，他们依然没有退缩，都坚定地看着玄月和阿呆。

阿呆拉住玄月的手，道："算了，不要为难他们了。他们做得对！神圣廷有这样的圣职人员，确实值得骄傲啊！"

玄月在阿呆的劝慰下，心中的怒气渐渐消散了。她扫视周围的神圣骑士，点头道："好，你们不让我们进是不是？那我也有别的办法。伟大的天界之神啊，请您允许我借用您的力量，将圣光洒落人间吧！"

说着，她高举手中的天使之杖，一道金色光柱从天而降，顷刻间便将阿呆和玄月的身体包裹在内。

沐浴在神光之中，阿呆感觉心神平静，他微微一笑："月月，你的神圣能量更加精纯了。"

玄月道："这应该是此次历练的成果吧。在死亡山脉那么危险的地方，精神力得到提升是必然的。"话落，她将手中的天使之杖往空中轻轻一挥，空中的金色光柱顿时降落。

而后，她吟唱道："以圣光为基，时空的大门啊，敞开吧，请送我们到想去的地方。"

金色光芒骤然收敛。在神圣骑士们惊讶的注视下，阿呆和玄月的身影完全消失了。

神圣骑士队长失声道："不好，他们一定是进入神山了。快，示警！"

他手下的一名神圣骑士立刻从怀中取出一根金色的小管，放在嘴边吹了起来，尖锐的哨声冲天而起，顷刻间便传遍了整座神山。

在玄月的空间魔法作用下，阿呆只觉得眼前一阵模糊。当周围的景物再次变得清晰后，他发现，自己和玄月已经来到了光明神殿前面。

玄月微微一笑，道："阿呆，你觉得我的这个魔法怎么样？这可是我自己研究出来的，集合了神圣光系和空间这两种魔法的定位转移功能。"

阿呆赞叹道："很不错啊！在神圣光系魔法凝聚能量的作用下，大大地缩短了你使用空间魔法的时间。月月，你真的是越来越厉害了。"

此时，尖锐的哨声传入了两人的耳中。玄月皱眉道："那神圣骑士队长还真是负责，居然吹响了大敌入侵的示警口哨。走，咱们进神殿，看看神圣廷中到底出了什么事。"

两人还没走到门口，只见从光明神殿中走出来了三个人，正是玄夜、芒修、羽间这三位红衣廷司。

一看到玄夜，玄月顿时心中大喜。她松开拉着阿呆的手，冲了过去，兴奋地叫道："爸爸。"

玄夜三人是听到警哨声才出来的。

迎面看到女儿，玄夜大喜过望，张开双臂，将女儿拥入怀中，笑道："我的宝贝女儿总算回来了，我快担心死了。咦，你回来，我应该有所感应才对，我怎么一点感觉都没有呢？"

玄月笑道："是不是因为你女儿我太厉害了，所以你才感觉不到啊？爸爸，我的魔法修为又进步了呢！"

芒修和羽间此时也走了过来。羽间笑着说道："你们父女叙旧吧，我和芒修出去看看。最近神圣廷被搞得草木皆兵，这警哨声不知是从何而来的。"

芒修道："月月，你们回来的时候，外面是不是有敌人追来？否则，怎么会传出这种全山警戒的哨声呢？"

阿呆苦笑着走上前，道："我想，两位不用去了，这警哨就是因为我们而吹响的。"

"嗯，你说什么？警哨怎么会是因为你们而吹响的呢？"玄夜疑惑地问道。

玄月噘起小嘴，道："还说呢。爸爸，咱们神圣廷到底怎么了？为什么防卫得这么严密，连我都不让进？我是用空间定位魔法带着阿呆进来的，所以他们就吹响了警哨。"

玄夜无奈地摇了摇头，叹息道："最近神圣廷内部的局势十分紧张，加强防卫也是无奈之举。走吧，咱们进去再说。进去之后，你们赶快把此行的情况向你爷爷汇报一下，他老人家早就等得不耐烦了。"

芒修道："你们先进去，我去处理一下外面的事情，省得弄得人心惶惶。"说完，他飘飞而起，朝神山外围而去。

玄夜似乎很着急，拉着女儿快步往里面走去。

阿呆跟在后面，看到玄夜如此着急，连忙问道："岳……岳父大人，这到底是怎么了？"

毕竟阿呆已经和自己女儿订婚，虽然玄夜对阿呆没什么好感，但语气已经不像以前那般生硬了："你们走后的这段时间，应该还不知道天元大陆上发生了许多事情吧。这段时间，各大势力的重要人物几乎都遭到了袭击。现在天元大陆上人心惶惶，就连我们神圣廷也有些混乱。"

玄月心中一惊，道："爸爸，难道爷爷也……"

玄夜沉重地点了点头，道："你爷爷先后遇刺两回，第一回偷袭他的是三名光明审鉴者，第二回偷袭他的竟然是两名才升为白衣廷司的魔法高手。如果不是你爷爷的修为深厚，及时反应过来将偷袭者击杀，否则在那种突发情况下，一个不小心恐怕也……"

玄月感觉到自己的后背冒出了一层冷汗，她喃喃道："竟然……竟然连白衣廷司都背叛了廷神，做出这种亵渎神灵的事情，这简直太不可思议了。到底是怎么了？难道真的要天下大乱了？"

玄夜道："据我和你爷爷推测，如今天元大陆上发生的这些混乱现象，很可能是暗圣教的人搞的鬼。这么长的时间以来，暗圣教在天元大陆上的各个势力中安插了许多间谍，比如你洛水阿姨。现在已经到了最后关头，他们没有必要让间谍继续隐藏，所以就发起了刺杀行动，目标是各国的国主或者大势力的首领。

"他们的目的很明确，就算不能成功刺杀这些大人物，也要给天元大陆制造恐慌，尽量拖延时间，阻碍我们去对付他们，以乘机达到他们的目的。"玄夜一边说着，一边带着他们走到了光明神殿中央。

　　听了玄夜的话，阿呆和玄月都陷入沉思。他们怎么也没想到，好不容易在死亡山脉中顺利地完成了任务，回来后却发现这边出了问题。

　　玄夜上前几步，走到巨大的天使雕像前，用精神力朝天使雕像的方向传音："父亲，月月他们回来了。"

　　半晌，一圈金色光芒在天使雕像前面亮起，全身笼罩在金色廷司袍中的廷主出现在众人面前。和阿呆他们离开时相比，廷主憔悴了一些。

　　看到廷主，阿呆和玄月从沉思中清醒过来。

　　玄月上前几步，走到廷主身前，说道："爷爷，我们回来了。您……您没事吧？"

　　廷主轻叹一声，微笑着看向玄月和阿呆，道："回来就好。爷爷没事，只是现在天元大陆上乱得很，各方势力都处于岌岌可危的境地，形势很不好啊！"

　　阿呆道："廷主爷爷，其实这也没什么不好的，与其任由那些背叛者潜藏在暗处，还不如任他们就这样暴露出来。虽然天元大陆上暂时有些混乱，但是对我们以后前往死亡山脉的行动倒是有益的。就是不知道现在各方势力的损失情况如何，有没有哪方势力的首领因为遭到刺杀而……"

廷主道："损失还是比较大的。就拿大陆魔法师公会来说，有两位长老叛变了，虽然最后被消灭了，但在猝不及防的情况之下，死了两位长老，导致总会的实力一下子就减弱了近半。要知道，在剿灭暗圣教的行动中，实力才是最重要的。嗯？听你这话的意思，你们似乎已经确定了暗圣教的总部就在死亡山脉中。"

阿呆点了点头，道："基本上确定了，是这样的……"

当下，他将此次众人前往死亡山脉打探暗圣教总部下落的事情简单地说了一遍。

听完阿呆的叙述，廷主眼中闪过光芒。终于得到了敌人确切的消息，他不由得流露出兴奋的神色："好，你们这次做得很好！既然明确了目标，那么事情就好办多了。"

阿呆道："廷主爷爷，那其他势力还有损失吗？我们天罡剑派的情况如何？"

廷主道："天罡剑派收弟子的标准极为严格，而且很多是高代弟子的嫡系，我倒是没听说出现叛徒。至于其他势力，都有不同程度的损伤。落日帝国的魔导师比因落格受了伤，不过，听说他伤得并不是很重。国主泉依唯恐自己遭到刺杀，调遣大军守在日落城的周围，搞得落日帝国人心惶惶。

"天金帝国的国主遇刺，损失了不少高手才将刺客消灭，现在由拉尔达斯魔导师亲自坐镇皇宫，丝毫不敢松懈。那些黑暗势力的孽障可以说是无孔不入，几乎所有势力都遭到了不同程度的袭击。

现在，天元大陆上风声很紧。我曾派圣职人员联络各方势力，除了落日帝国，连上次在神圣廷和我们达成协议的势力几乎都给出了让我们等候准确消息的回复，不肯提前派遣精锐到神圣廷集合。

"唉，他们目光如此短浅，恐怕会贻误我们最后同暗圣教决战的时机啊！你要知道，多给他们一天时间，暗圣教打开魔界入口的可能性就大一些。一旦魔界入口被打开，将会给天元大陆带来无法估量的损失。幸好你们及时将准确的消息传了回来，现在是神圣历九百九十九年一月，我们还有时间。"

阿呆神色凝重，点了点头，道："岩石大哥他们已经分别返回各自的大本营了，我想，这回支持我们的各方势力不会再犹豫了，毕竟都知道暗圣教对人类的威胁有多大。"

廷主扭头对玄夜道："夜儿，你立即传我命令，派遣最精干的手下前往各方势力，邀请各方势力立刻带领精锐赶到神圣廷。我们要在最短的时间内集齐精锐力量，同暗圣教决一死战。同时，通令所有圣职人员，加紧修炼，随时听候调遣。"

玄夜应声，领命去了。

廷主转身看向阿呆，道："上回你说要回天罡剑派一趟，还没回去过吧？"

阿呆点了点头，道："到了现在，我也没有什么可隐瞒的了。我之所以想要返回天罡剑派，最主要的原因是要参加每二十年举办一次的四大剑圣比试。"

廷主一惊，道："四大剑圣比试？这是怎么回事？"

当下，阿呆将四大剑圣以往定下比试的事情说了一遍。

阿呆接着说道："廷主爷爷，其实我师祖天罡剑圣已经过世了。我此次回天罡剑派，就是要代替他老人家参加这次比试，这对我们天罡剑派来说实在是太重要了。

"暗圣教的事情，我已经向您禀明。天罡山离神圣廷很近，您放心，比试一结束，我就会和我们天罡剑派的人立刻赶过来，与您会合，应该不会耽误我们前往死亡山脉的行动。"

廷主神色黯然，他喃喃道："天罡剑圣他……他已经过世了？没想到，多年前一别，竟然成了永别。在天元大陆上，他是唯一值得我钦佩的人，唉……"

多年前败在天罡剑圣手下，廷主一直对此耿耿于怀。虽然他的实力在接任廷主后飞快地提升了，但由于神圣廷的事务过于繁重，他一直没有机会和天罡剑圣再次切磋。此时听到唯一被自己当成了对手的人已经过世，他的心中产生了一丝惆怅。

阿呆眼中闪烁泪光，似乎师祖的身影又出现在了他的面前。他深吸一口气，坚定地说道："廷主爷爷，这次四大剑圣比试，我一定不会输的，我不会辜负师祖对我的期望。另外三位剑圣都是天元大陆上的顶尖人物，我会尽量把他们争取过来，让他们成为我们此次前往死亡山脉的最强有力的臂助。至于这边的事情，就全靠您了。时间紧迫，我想现在就返回天罡剑派做准备。"

廷主轻轻地点点头，道："孩子，你不但是廷神派来拯救世人的光明主，还是我的孙女婿，一定要注意安全。此次拯救天元大陆的行动，不能没有你。笼络三位剑圣之事固然重要，但是你的安危更重要，你明白我的意思吧？"

感觉到廷主发自内心的关切，阿呆微微一笑，道："廷主爷爷，谢谢您。您放心吧，我现在的修为差不多赶上师祖当年的水平了，我一定会平安回来的。

"廷主爷爷，现在神圣廷暂时无事，我怕月月担心，想问问您，能不能允许她跟我一起去天罡剑派？最多两个月，我们一定会赶回来的。等我们赶回来后，再商量如何和死亡山脉中的那些亡灵生物对抗。"

廷主看向玄月，道："月月，你可以跟着阿呆去天罡剑派，但你一定要听阿呆的话，不要给他添麻烦。"

玄月娇嗔道："爷爷，我怎么会给他添麻烦呢？您还当我是孩子吗？"

廷主笑道："在爷爷心里，你永远是孩子。说实话，你们这次能够平安回来，还带回了这么重要的消息，爷爷真的很高兴，也很欣慰。以后，天元大陆就是你们年轻人的天下了。

"既然阿呆急着返回天罡剑派，我也就不留你们了。你们路上千万要小心。神圣廷外围的防卫很严，为了节省时间，你们直接飞出去就是。羽间，你去安排一下，不要让月月他们再遭到阻拦。"

"是，廷主大人。"羽间恭敬地应道。

辞别廷主，在羽间的带领下，阿呆和玄月来到了光明神殿前面的广场上。来到这里后，两人几乎同时想起了当日阿呆及时赶到，阻止了玄月结婚的事情。两人对视一眼，眼神中有着浓浓的深情，牵在一起的手不约而同地紧了紧，一切尽在不言中。

羽间微微一笑，道："你们走吧，我会命令负责防空的廷司不要为难你们的。记得早点回来，神圣廷和天元大陆的民众们都需要你们。"

阿呆恭敬地向羽间施礼，道："再见，羽间廷司。我们一定会尽快赶回来的。"说完，他牵着玄月的小手，在生生斗气的包裹中飘飞而起，朝高空飞去。

玄月和阿呆的修为极高，可以说达到了天元大陆上武者和魔法师的顶级修为层次。在全力施展下，他们的飞行速度大大提升了，闪电般朝天罡剑派而去，丝毫不比当初小骨头驮着他们飞行的速度慢多少。

死亡山脉中央的高峰。

一座巨大的圆形祭坛前，一名全身笼罩在黑衣中的人正不断地用奇异的语言吟唱着古怪的咒语，阴森的气息弥漫在他的周围，祭坛上那六个巨大的金色符号似乎在微微颤抖。

祭坛高约三米，直径有五十几米，整体形状是一个巨大的等边六边形。祭坛中央有一圈直径三米的螺旋状花纹，花纹不断地向外延伸，形成了各种奇异的符号。

在祭坛的六个角上，分别有一个充满了神圣气息的金色符号。虽然过去了千年，但是这六个金色符号的能量丝毫不减。

黑衣人深吸一口气，停止吟唱咒语。

五道黑色身影出现在他背后。其中一人道："教主，怎么样？还需要多长时间才能将入口打开？"

第186章
阿呆显威

　　教主阴森一笑，有些得意地道："等着吧，快了。我现在已经能够清晰地感觉到冥王大人的声音，他似乎在召唤我们、赞赏我们。根本不用等到神圣历千年，我就能将这个入口打开，恭迎冥王大人降临人界。大长老，现在我们的人在天元大陆各地行动的情况如何？"

　　大长老回道："一切顺利。现在天元大陆因为我们那些潜伏势力的突然出现而慌乱不已，恐怕很难把各方势力凝聚在一起。魔界入口打开之时，就是愚昧人类的死期。"

　　教主沉声道："现在是最关键的时候，不能有丝毫大意，你们千万不要小看神圣廷。千年之前，神圣廷将处于鼎盛时期的暗魔族给歼灭了，必然有着强大的实力。对了，五长老，最近我一直忙于打开魔界入口的事，忘记问你光明主的事情了。关于此事，你办得怎么样了？"

五长老低着头，道："教主，天元大陆那么大，您让我在天元大陆上找一个没有明显特征的人，这怎么找啊？在杀手公会被那个叫阿呆的浑小子灭了之前，我一点消息都没有收到。"

教主冷哼一声，道："废物！你不是一直很有办法吗？这回让你找个人，却如此推三阻四。要不是看在你以往为我们的大业做出过贡献的分上，我这次一定不会轻饶你。杀手公会那么大的势力，竟然在短短一年内就被毁了，你也够有本事的。"

五长老的身体一颤，他听出了教主语气中的杀意，不敢争辩，谦卑地道："教主，那个叫阿呆的小子实在是太厉害了。依我看，他已经拥有堪比剑圣的实力了，而且他身上还有可能是冥王大人法器的神器——冥王剑，又能召唤出银龙，确实很难对付。"

教主的语气显得平缓了许多，他淡淡地道："算了，现在正是用人之际，我不想过于为难你。冥王剑到底是不是冥王大人的法器并不重要，只要我们将魔界入口打开，等冥王大人降临这个世界，他自然会处理的。

"三长老，我前些天感觉到死亡山脉中发生了变化，是不是出了什么事？你为什么不及时向我禀报？"

三长老看了大长老一眼，躬身道："回禀教主，前些天好像是来了一些入侵者，不过他们应该已经死在了亡灵生物的手中。为了不打扰您，所以我才没有向您禀报。我已经加派人手在死亡山脉的外围守卫了。奇怪的是，不知道为什么，亡灵十二劫的第五关中的怨灵全都消失了，竟然没有留下一丝痕迹。它们会不会逃出了死亡山脉呢？"

"什么？怨灵都消失了？这么大的事，你怎么不早说？"

黑光一闪。三长老的身体被击飞，摔在一旁，倒地不起，接连喷出紫色的血。

教主的声音变得冰冷，他环视四位长老，道："我告诉你们，现在是大业最后的关键一环，谁也不能有丝毫松懈。如果大业被破坏了，我就先要了你们的命。怨灵是亡灵生物，根本不可能逃得出这个被神羽用自己的生命力布置了结界的地方，而且有我的亡灵手札震慑，它们也不敢逃。

"唯一的解释，就是它们已经被入侵的敌人消灭了，而我们的行踪也很有可能因此暴露，由暗转明了。你们知道，这对于我们来说是多么危险的事吗？神圣廷的人不是傻子，他们总会想明白我们在做什么。"

大长老看了一眼受到重创的三长老，恭敬地说道："教主，您不必过于担心，虽然少了怨灵，但对亡灵生物的整体实力并没有太大影响。就算整个天元大陆的人类一起来，他们想闯过亡灵十二劫也不是那么容易的事情。老三这次虽然有错，但他也是为了我们的大业着想，您就给他一个戴罪立功的机会吧！"

教主虽然怒火中烧，但知道大长老说得对。以现在的形势来看，多一份力量对他们来说就是多一些助益。

他重重地哼了一声，道："同样的事情，我不希望再发生。你们下去吧，时刻注意死亡山脉外围的动静，同时将我们手下的力量全都收回死亡山脉内部。

"就算人类进攻，只要我们能坚持到打开魔界入口的那一刻，我们就成功了。还有，安抚好那些高等级亡灵生物，尽量少去招惹它们。那些强大的家伙，是我们最后的助力。"

"是，教主大人！"大长老飞到三长老身旁，将其扛在自己的肩膀上，和其他长老一起退了下去。

祭坛前，就只剩下教主了。他看着面前那六个金光闪耀的巨大符号，自言自语道："神羽，你的结界快要支撑不住了，胜利终究会属于我们黑暗势力。当黑暗降临大地之时，再没有什么可以阻止冥王大人前进的脚步。"

说完，教主在黑色气体的包裹中落在祭坛正中央的螺旋状花纹的起点处，盘膝坐下，继续吟唱不知名的咒语。

随着黑色气体向四周散发，祭坛上的六个金色符号变得暗淡了许多。

高耸入云的天罡山的主峰看上去依旧那么巍峨雄伟，云雾缭绕，给人一种出尘的感觉。

山腰上，一处较为平坦的地面上，一男一女依偎着坐在一起。男子相貌英俊，女子美丽绝伦，宛如一对神仙眷侣。

"大哥，你终于快要进入生生决的第六重境界了。在四代弟子中，你绝对是佼佼者，连那些师叔、师伯也没有多少人能够超过你。——真为你高兴。"

"不光是我，现在大家都在勤奋修炼。掌门师祖不是说了吗？现在天元大陆上的形势非常复杂，只有尽量提升我们天罡剑派的实力，才能更好地保护我们这一片乐土。"

"大哥，勤修苦练之际，你也要保重身体，我……我永远都会陪在你的身边。"说着，女子的俏脸上泛起一抹红晕，看上去更加娇俏了。

男子全身一震，紧紧地将女子搂入怀中，微笑着道："一一，今生我廖一能娶你为妻，再没有什么遗憾了，就算是立刻去死，我也心甘情愿。"

女子赶忙捂住男子的嘴，娇嗔道："讨厌啦，别乱说。什么死不死的，我们还要快乐地生活下去呢！在天元大陆上，再没有什么地方能比得上我们天罡山。大哥，你要保护我一辈子啊！"

这对男女，正是成婚不久的廖一和路一一。

两人今天负责巡山，走到这里时，看到了眼前的美景，不由得停了下来。

廖一刚想再说些什么，突然意念一动，朝山下看过去。他脸色一变，扯了扯女子的手臂，皱眉道："一一，有人来了。"

路一一还陶醉在丈夫的温情之中，此时循着丈夫的目光向山下看去，只见一团白色气体飞快地朝山上而来。那并非山中的雾气，似乎蕴含着庞大的能量。由于能量过于庞大，他们无法看清楚能量中的景象。

廖一反手抽出天罡重剑，生生真气透体而出，瞬间灌注到天罡重剑之中，三尺长的剑不断地闪烁着光芒。他大喝道："什么人竟敢擅闯天罡山?!"

一个清朗的声音从那团即将飞到两人身前的白色气体中传出："不是擅闯，而是回家。廖一兄，好久不见。"

光芒一闪，就在廖一心中大惊之时，一男一女已经出现在他和路一一身前。无法抵御的庞大能量瞬间化解了他的攻势，那人有着不可抵挡的强大实力。

廖一清晰地感觉到，即使是自己那快要进入第六重境界的生生真气，在这突然出现的人面前竟然不堪一击。

在惊讶之下，廖一将妻子护在背后，凝神向对方看去。当他看清来人的样貌时，警惕之意顿时消失无踪。他惊喜地叫道："啊！小师叔，是您啊！"

这突然出现的两人，正是阿呆和玄月。

在急速飞行之下，只花了一天多的时间，他们就来到了天罡山的主峰。

"可不就是我吗？廖一大哥，你年纪比我大，可别叫我师叔啊！"回到天罡山，阿呆就像回到家了一样，心里是说不出的舒爽。

廖一微微一笑，道："那怎么行呢？虽然我的年纪比您大，但您的辈分比我高啊，我怎么敢违反门规呢？阿呆师叔，您的修为又增强了很多，真是让我惭愧啊！"

此时，路一一也认清了来人。当初阿呆震断过她的腿，对此她印象十分深刻。她撇撇嘴，道："原来是你啊！几年才回山一次，你这个天罡剑派的弟子倒是当得清闲。"

廖一呵斥道："一一，不得无礼，快拜见师叔！"

阿呆笑道："不用了。来，我给你们介绍一下，这位是我的未婚妻，玄月。"

玄月对两人微微一笑，点了点头。

路一一眨了眨大眼睛，道："不用你介绍，我们早就见过了。小——师叔，你真是厉害啊，竟然讨了个这么漂亮的老婆。"

阿呆脸一红，看了玄月一眼，微笑着道："能娶月月为妻，是我这一生中最大的幸福。"

玄月笑道："你是路一一吧！我记得上次来天罡剑派的时候，听说你们要成婚呢，现在……"

廖一微笑着道："我们已经成婚了。"

阿呆欣喜地道："那就恭喜你们了。廖一大哥，你也好福气啊！"

路一一挎着廖一的手臂，道："他当然好福气了。阿呆小师叔，你怎么有空回来啊？算起来，你入派都有好多年了吧，但这还是我第二次见你呢。"

阿呆轻叹一声，道："不是我不想回来，实在是身不由己啊！廖一大哥，咱们一起回山吧！我有很重要的事情，要立即拜见席文师伯。"

"好，那咱们快走吧！不过，师叔，您千万不要再叫我大哥了，否则长辈们会责罚我的。您就叫我廖一好了。"

"那好吧。廖一，我带你一段路。月月，你带一下一一。"

说完，阿呆一把拉住廖一的手臂，催动体内雄厚的生生真气，在白色光芒的包裹中冲天而起。

玄月的速度也很快，她并没有吟唱咒语，而是用金色光芒轻松地将路一一包裹在内，紧接着飘飞而起，很快就追上了阿呆。

初次体验飞行，在惊讶过后，廖一和路一一不由得兴奋起来。看着周围的景物飞速地往后掠去，两人都产生了一种异样的感觉。

天罡山的主峰高达六千余米，从半山腰出发，平时要走很久才能到达山顶。但是，以阿呆和玄月高深的修为，仅仅飞了十分钟，他们就出现在天罡剑派的大门前。

廖一和路一一对视一眼，两人同时感觉到了对方心中的惊骇。修炼多年的他们，从来没有想过人的实力竟然能强到如此程度。

阿呆温和的声音响起："走吧，咱们进去。"

廖一的身体一震，他恭敬地朝阿呆行礼，道："师叔，您真是让我大开眼界啊！以后还请您多多指教！"这是他第一次发自内心地称呼阿呆为师叔。

阿呆微笑着道："指教不敢当，有机会的话，大家就一起切磋切磋吧！我们是同门，应该互相帮助。"

路一一有些疑惑地道："你……难道你刚才用的是生生真气？这怎么可能……"

阿呆和玄月对视一眼，两人的脸上都露出了会心的微笑。

阿呆道："当然是生生真气，我一直只会这一种真气。咱们天罡剑派能在天元大陆上享有盛誉，作为根基的生生决怎么会差呢？

只要努力修炼，总有一天，你们也能达到此等境界。"

路一一道："那……那你现在修炼到了生生决的第几重？如果我达到了你现在的境界，我也能像鸟儿一样飞行吗？连爷爷和那些师祖好像都不会飞呢，你是怎么做到的？"

刚才阿呆和玄月的表现彻底震撼了路一一。玄月会飞，尚且可以归功于神奇的魔法，可阿呆竟然完全是靠生生真气来飞行的。路一一几乎没有离开过天罡剑派，她怎么可能不感到好奇呢？

阿呆笑道："众位师伯当然有飞行的能力。只要你们将生生决修炼到第八重以上的境界，就可以尝试飞行了，其实是很简单的。走吧，咱们进去再说。这次回来，我会在天罡山上逗留一段时间，到时候我再教你们吧。"

廖一欢喜地道："那我一定要向您多多请教。"

作为天罡剑派四代弟子中的佼佼者，廖一的修为极高，在同辈弟子中脱颖而出。而他是个稳重的人，从来不以此夸耀自己，一直都谦虚地学习，以求进取。虽然结婚了，但他在修炼上从没有偷过懒，修为更是与日俱增。他当然知道，能得到一名高手的指点，对自己来说是多么重要。

在廖一夫妇的带领下，阿呆和玄月走进了天罡剑派。由于现在是上午，大部分弟子都在修炼，所以他们并没有看到什么人，只是不时听到从演武场那边传来的呼喝声。

廖一一边走，一边说道："师叔，除了二师祖在华盛帝国以外，其他师祖都闭关修炼了。前些天，掌门师祖召集了所有的三代弟子，跟他们说了一些话。从那以后，三代弟子和师祖他们就开始刻苦地修炼了。

"除了吃饭、休息以外，他们几乎每天都在修炼。您知道这是怎么回事吗？我问过父亲几次，可父亲总说这是大人的事，小孩子没必要知道。"

阿呆心中一动：二代弟子和三代弟子刻苦修炼，自然是为了前往死亡山脉同暗圣教决战。席文师伯之所以不允许三代弟子将情况告诉四代弟子，估计是怕他们冲动请战吧。

也是，四代弟子的修为普遍较低，是不适合前往死亡山脉的。而席文师伯这么做，也是为了保住天罡剑派一脉啊！

阿呆轻叹一声，道："对不起，廖一，这件事情我虽然知道，但不能告诉你，你们以后一定会明白的。席文师伯他们一般到什么时候才结束修炼？"

廖一回道："差不多要到吃晚饭的时间吧，你们可以先休息一会儿。"

阿呆微笑着道："我们不累。既然席文师伯他们暂时还没有结束修炼，那你带我们去演武场看看吧。我们顺便可以切磋一下。"

廖一高兴地道："好啊，我求之不得呢！演武场上都是四代弟子，您要是能指点指点我们，对我们的修炼肯定大有助益。"

阿呆确实有想要帮助天罡剑派后辈弟子提升修为的意思，除了哥里斯的迷幻之森以外，天罡剑派也算是他的家，他对天罡剑派的感情很深。

阿呆扭头看向身旁的玄月，微笑着问道："你累吗？"

玄月轻轻地摇摇头，道："我不累，这一路上都是你带着我飞的嘛！"

阿呆笑道："那我们就一起去吧。说来惭愧，身为天罡剑派的弟子，我都没怎么去过演武场呢，更别提在那里修炼了。"

在廖一夫妇的带领下，阿呆和玄月走过两个院落，拐过一个弯，穿过长廊，来到了位于天罡剑派后院的演武场。

演武场布置得极为简单，那里没有任何兵器，就只是一个空旷的广场。此时，上百名四代弟子不断地练习着最基础的天罡剑法。他们都拿着一柄五十六公斤的天罡重剑，在白色斗气的包裹中，将天罡重剑挥舞得虎虎生风，而一些功力相当的师兄弟在相互比试。

廖一微微一笑，道："师叔，咱们的演武场占地面积很广，大家都喜欢来这里修炼，每天上午一般是练习招式、技巧，下午开始打坐。有的时候，大家晚上会修炼生生决。如今，四代弟子一般都修炼到了第三重、第四重的境界，只有一两位师兄达到了第五重的境界。"

路一一嘻嘻一笑，道："你不也达到第五重的境界了吗？而且，你快要达到第六重的境界了呢！"

阿呆心中一惊，他当然知道修炼生生真气是需要循序渐进的。当初，自己在欧文叔叔的指导下，每天刻苦修炼，足足用了五年的时间才达到第四重的境界。后来，自己在天元大陆上闯荡了一番，才达到第五重的境界。

如果不是师祖将功力传给自己，现在的自己还不知道处于什么样的境界呢！而廖一比自己大不了几岁，没想到他竟然快要达到第六重的境界了，只能用"天才"两个字来形容他啊！

　　廖一有些尴尬地道："师叔，您别听——乱讲，我这点修为和您比起来差远了。"

　　阿呆摇摇头，道："我的修为得到提升，只是机缘巧合而已。如果单凭自己修炼，恐怕我现在和你差不了多少。廖一，你平日里修炼一定很刻苦吧！"

　　廖一点了点头，道："我本身就喜欢修炼，尤其喜欢那种全身充满斗气的感觉，所以我比别人修炼的时间自然会长一些。师叔，您觉得他们的剑法如何？"

　　阿呆看着那些矫健的身影，苦笑道："这个你可别问我，当初我根本没学几招剑法，后来更是生疏了，我现在也就记得一式劈斩而已。"

　　廖一一愣，道："师叔，您就别谦虚了。您的修为那么高，一定是看不上我们的水平吧。"

　　玄月笑道："他不是谦虚，他说的都是实话。我们在一起这么长的时间，我都没见他用过什么精妙的剑法，他完全是硬打硬拼。不过，当修为达到一定程度之后，功力才是决定胜负的关键。"

　　廖一有不同看法，道："我不这么认为，我觉得招式也是很重要的。没有招式，如何能将自己的功力发挥出最高的水准呢？有的时候，熟练的技巧会起到决定性的作用。"

阿呆点了点头，淡然道："你说得有道理，不过，有一个问题你想过没有，人的精力是有限的。比如说，人的一生之中只有五十年的时间可以用来修炼，如果你分出二十年来练习招式，那就只有三十年的时间来修炼斗气了。这样一来，就算你的天赋再高，也不可能比那些修炼了五十年斗气的人强。你明白我的意思吗？"

廖一眼中闪过一道光芒，虽然他并不完全认同阿呆说的话，但不得不承认阿呆说的话确实有一定的道理。

"廖一师兄，你来了，快指点指点我们吧！"

这时，两名少年跑到廖一面前。看他们那崇拜的样子，显然，廖一在师兄弟心中有着很重的分量。

廖一看着两名小师弟，微笑着道："有师叔在，你们哪里用得着我指点啊！你们快向师叔请教吧！即便只是学到师叔武技的一星半点，都够你们受用终身了。"

两名小师弟疑惑地看向阿呆，阿呆那憨厚的面容给他们一种很亲切的感觉。

"师叔？我怎么没见过啊？师父那一代里好像没有这么年轻的吧。廖一师兄，你在骗我们，对不对？"

廖一呵斥道："别乱说，阿呆师叔一直在外游历，今天才刚刚回来。"

阿呆笑道："别怪他们，本来我也不像个师叔的样子。你们叫我阿呆哥哥就好了。你们将生生真气修炼到第几重了啊？"

廖一替两名小师弟回答了这个问题："他们是四代弟子中最小

的，修炼的时间不长，都达到了第二重的境界，不过他们的天赋很高，快要进入第三重的境界了。师叔，我现在就去把师兄弟们召集过来吧？"

阿呆摇了摇头，他看着四代弟子们修炼得热火朝天的样子，不禁有些技痒，心中一动，道："不用。这样好了，我来测试下大家的反应能力，如何？"

不等廖一开口，阿呆已经冲了过去。以他现在的功力，他只是意念一动，身影便如同鬼魅一般，速度极快。他一只手背在身后，另一只手向前伸，闪电般地朝距离最近的四名弟子冲去。

那四名弟子正练得起劲，突然感觉到有股劲风袭来，几乎没有犹豫，同时将手中的天罡重剑向劲风袭来的方向劈去。因为担心是自己人，所以他们都没有使出全力。

四把剑一起劈出，在空中交织成一张剑网，以守为主。

在他们想来，就算对方功力很强，也必然会被他们这合作默契的一剑挡住。

但是，他们想错了。几乎同一时间，他们都感觉到从自己的重剑上传来了一股大力。在对方那雄厚的功力下，他们几乎没有任何阻挡的机会，手中的重剑已经被震得扬了起来。对方传来的功力异常柔和，并没有震伤他们，产生的劲风却已经袭来。

这四名弟子在四代弟子中算得上是修为极高的，突然遭到如此强悍的攻击，并没有慌张，而是以最快的速度同时朝着四个方向退去，将各自被震得扬了起来的天罡重剑拉了回来，护在身前。

银光一闪，在四人以为自己已经安全之时，他们吃惊地发现，自己的经脉竟然被封住了。

四人飘然落在地上，以几乎同样的动作僵立在那里。他们看到的，是一团银色旋风。

阿呆虽然封住了这四名弟子的经脉，但不禁暗自赞叹：这四名弟子都只达到生生决的第四重境界，却已经能够毫不慌乱地阻挡我发出的攻击。如果不是修为相差太大，我想一击制伏他们还真有点困难。

虽然心里如此想着，但是阿呆的身影丝毫不停，他整个人宛如旋风般朝其他四代弟子袭去。

先前阿呆攻击那四名弟子只用了极短的时间，可也引起了其他四代弟子的警惕。

这些四代弟子虽然看不清那团银色旋风究竟是什么，但还是下意识地靠拢，将天罡重剑向前指，白色的生生斗气释放出来。

当他们做完这一切的时候，阿呆已经到了他们面前。无数银色斗气丝宛如天罗地网从银色旋风中飘洒而出，瞬间便朝着众四代弟子冲击过去。

众四代弟子临危不乱，同时大喝一声。站在后面的四代弟子飘飞而起，几乎所有四代弟子都举起了天罡重剑，向阿呆发出的生生变固态斗气丝使出了一式劈斩。

一时间，同源的能量弥漫在演武场上。

上百股白色的能量凝聚在一起，变成巨大的白色光刃，朝阿呆劈来。

阿呆心中一惊，他清晰地感觉到面前这充沛的生生斗气是多么强大，不敢有丝毫犹豫，赶忙将功力提升两成。他如臂使指一般，将空中飘散的生生变固态斗气丝凝聚成一柄七尺长的银色能量剑，横在自己胸前。

接着，银色旋风消失了，阿呆那身穿蓝色武士服的身影清晰地出现在众四代弟子面前，即将发生的一切令这些四代弟子一辈子都无法忘记。

阿呆当然知道自己的修为是多么深厚，百名四代弟子的联合攻击虽然威力强大，但最多和当初灭一等人联手发出的灭世一斩相当，根本无法和自己已经达到第六变的生生斗气相比。

为了不伤到这些四代弟子，阿呆将功力完全收敛，手中的银色能量剑在头顶上方画出一道细小的弧线，轻飘飘地朝着气势逼人的联合劈斩能量迎去。

"噗"的一声，银色能量剑和白色光刃在空中碰撞了，这两股看似不成比例的能量相互挤压着。

阿呆感受着从白色光刃中传出来的精纯斗气，嘴角露出了一丝笑意。

这时，抵挡住白色光刃的银色能量剑发生变化，银色光芒大放，顷刻间，竟然将白色光刃完全笼罩住了。

四代弟子们毕竟功力较弱，此时，他们已经有些乏力了，攻势不由得一缓，劈斩的能量顿时消失了。

在他们准备发动下一轮攻击时，空中那团凝而不散的银色斗气仿佛爆炸了，从中飞散出无数斗气丝。几乎没有任何抵挡的机会，他们被那无可抵御的固态斗气丝制伏了。

所有光芒消失。

演武场中央，阿呆负手而立。

微风吹起他的蓝色武士服长袍的一角，一头黑色长发随风飘荡。这一刻，在四代弟子们眼中，他是那么威武。

大部分四代弟子都没有见过阿呆，此时虽然心中愤愤不平，但难掩眼眸深处的敬佩之意。

第 187 章
生生七变

廖一夫妇和玄月走了过来。

阿呆先前制伏这些四代弟子几乎只是眨眼的工夫。

廖一心中很不是滋味。他没想到，年纪比自己还要小的阿呆，实力竟然强大到了如此地步。

阿呆环视一圈被他制伏的四代弟子，淡淡地说道："你们突然遭受攻击，却能立刻做出防御，甚至还击，都很不错。但是，你们知道为什么会败在我的手上吗？原因只有一个，那就是你们的功力不足。如果我是敌人，恐怕你们没有一个能够活着。

"所以，你们仍需多加修炼，提升自己的功力。我叫阿呆，是三代弟子，刚从外面回来，可能会在天罡剑派逗留一个月左右，你们如果以后在真气修炼方面有什么不懂的地方，尽管来问我。"

说完，阿呆眼中光芒一闪，银色的能量再次出现，斗气丝飘洒而出，准确地连接到众弟子的身上，就连廖一夫妇和那两名小弟子也没有放过。

阿呆微微一笑，道："初次见面，送大家一点小礼物吧！凝神聚气，意守丹田。"

说着，他调动体内的金身，澎湃的生生真气循着这上百条固态斗气丝飘洒而出，瞬间蔓延到这些四代弟子的体内。

廖一心中一喜，顿时明白阿呆这是要帮助他们提升功力。虽然他不知道阿呆会怎么做，但他明白这是千载难逢的机会，于是赶忙凝神聚气，意守丹田。

这时，一股温暖的能量缓缓地输入廖一的体内，他感觉到那股和自己同源的能量随着经脉而走，一会儿的工夫，已经和他丹田中的生生真气融为一体。

廖一惊喜地发现，体内那几条以前生生真气无法冲过的经脉，竟然在这股庞大的能量作用下被硬生生地冲开了，生生真气不断地朝丹田聚拢。

从能量的强度来看，他清晰地感应到，自己已经进入了生生变的第六重境界。不知道过了多长时间，当他体内的生生真气提升并循环三个周天之后，那股温暖的能量才从他的身体里撤出来，循着来时的路消散了。

其他四代弟子和廖一经历了几乎同样的事情。在同源的外力作用下，他们体内的数条重要经脉被打通了，不仅让他们的功力提升了，还将对他们今后的修炼起到极为重要的作用。

在那股温暖的能量撤出体内后，众位四代弟子都恢复了知觉。

先前被封住经脉的几名弟子的身体也恢复了自由。

廖一睁开眼眸，他最先看到的是距离自己不远的阿呆。此时的阿呆脸色异常苍白，在玄月的搀扶下才勉强站稳。

刚才阿呆心血来潮，想为天罡剑派做点什么，于是不计后果地用自己的功力同时为这百名四代弟子打通了经脉。

阿呆不知道的是，他这样做是很危险的。一旦他的功力不足，不仅会力竭而亡，恐怕那些四代弟子会走火入魔。但是，他成功了，凭借着达到第六重境界的修为，他成功了。他不但打通了这些四代弟子的经脉，还将自己输出的斗气完全收回了。

阿呆现在之所以虚弱，最主要的原因是精神力耗损过大。同时掌控百股能量，即使以他达到魔导师境界的精神力，也无法承受。

此时，他脑中传来阵阵晕眩感。

玄月有些责怪地搀扶着阿呆，她并不知道刚刚阿呆做的一切有多危险，此刻看到阿呆如此疲惫，自然极为心疼。

廖一郑重地走到阿呆身旁，看了一眼周围仍然处于惊愕之中的师兄弟们，跪倒在阿呆的面前："师叔，多谢您帮助我们。"

说完，廖一向阿呆连叩了三个响头。

其他四代弟子见状，顿时完全明白是怎么回事了，心中对阿呆充满敬意。包括路一一在内，大家一个接一个地跪倒在地。

"多谢师叔相助！"

他们的声音传遍整个演武场。

天罡剑派发展到第四代，弟子众多，仅四代弟子就有数百人。

阿呆今天的举动，使这些留在门派中的四代弟子受益匪浅，也奠定了天罡剑派千年不灭的基业。

即使在数百年后，天罡剑派的后代弟子谈论起今天阿呆同时为百人传功之事，仍然赞叹不已。

阿呆虽然很虚弱，但看到在自己的努力下，这些四代弟子的功力都有所提升，心中不禁大喜。他欣慰一笑，道："大家别这样，都起来吧！今晚你们一定要静修，这样才能取得更好的效果，今后一定要努力修炼生生决。

"我们天罡剑派的宗旨是维护天元大陆的正义，师祖定下的使命要靠我们来完成了。对了，把你们的天罡重剑拿过来，放在一起吧。月月，要麻烦你了。"

玄月和阿呆心意相通，她当然知道阿呆想要她做什么。她轻声说道："好吧。"

众四代弟子对阿呆异常敬重，没有人违背他的意思，纷纷将自己视如性命的天罡重剑放到了阿呆和玄月的不远处。

阿呆扭头看向玄月，微笑着道："这位是我的未婚妻，神圣廷的红衣廷司玄月。我们夫妇二人初来这里，就让她也送你们一样礼物吧。"说完，他冲玄月点了点头。

玄月往虚空一划，打开自己的空间结界，取出天使之杖，轻声吟唱道："伟大的天界之神啊，请把您的神圣力量赐予我，治疗之光、神圣之光、慈悲之光、毁灭之光，听我命令，融合吧！"

在金色光芒的包裹中，玄月的身体缓缓飘离地面。

天空中突然飘来一朵金色的云，悬浮在玄月正上方。

她微微一笑，将手中的天使之杖往虚空一指，空中的金色祥云中射出了一道金色光柱，准确地轰击在那些摆放在一起的天罡重剑之上。

那些天罡重剑都是用百炼精钢打造而成的，在金色光芒的照耀下熠熠生辉。

两只修长宽厚的光翼从玄月的背后飘荡而出。在金色光翼的映衬下，身穿白裙的玄月身上充满了神圣气息，加上她那绝美的娇颜，让众四代弟子不禁看呆了。

大家的目光都落在玄月的身上，眼中充满了崇敬和欣赏，没有一丝亵渎之意。在他们心中，玄月宛如天女下凡。

金色光柱在玄月的光翼出现后显得更加厚实，光芒笼罩了那些天罡重剑，不断地闪耀着。一刻钟仿佛只是一瞬，光芒收敛，天上的光云消失了，地面上原本普通的重剑却闪耀着充满了神圣气息的淡淡金光。

在场的人都明白，这些重剑已经变了，它们的本质完全变了。经过玄月改造的这一百零七柄重剑，被天罡剑派的弟子称为百神剑，只有拥有相当高的修为的弟子才能使用，一直流传于后世。

玄月的嘴角挂着一丝微笑，她缓缓收功，对这被自己改善了的融合之光非常满意。她知道，自己的修为又精进了。

阿呆经过这一刻钟的调息，精神已经好了许多。他微笑着道："月月，你的光系魔法真是越来越惊人啊！这比我想象中的还要强得多。”

玄月微笑着道：“你就别吹捧我了。不过，那些重剑经过我的永久性融合之光强化，威力应该还不错，大家可以把剑收回去了。今后，你们用原有的使用方法就可以了。你们一往剑中注入斗气，应该会有一定的神圣能量强化的作用，威力会比以前大一些。”

廖一和其他四代弟子面面相觑，半晌，几乎同时向玄月躬身施礼，道：“多谢师叔母！”

对于这些四代弟子来说，没有比他们的重剑更珍贵的东西。在他们看来，玄月刚才的举动给予的恩惠丝毫不比先前阿呆为他们传功小。

玄月挽着阿呆的手臂，听到众四代弟子喊出的一声声“师叔母”，不禁俏脸微红。她看了阿呆一眼，笑道：“你们继续修炼吧！廖一大哥，麻烦你带我们去休息一下，阿呆刚才消耗的精神力比较多。”

廖一赶忙答应着，和妻子一起带着阿呆和玄月来到天罡剑派后院的休息室。

阿呆道：“廖一大哥，你们去忙吧！等到晚饭时间，我直接去议事厅见席文师伯。如果你看到他老人家，帮我说一声。”

廖一也想赶快试试自己刚刚达到第六重的生生真气威力如何，于是赶忙答应一声，和路一——一起向二人施礼后便退了出去。

看着他们离去的背影，玄月不禁嗔怪道：“阿呆，你为什么要耗费那么多精神力？你看看，你现在都快站不稳了。”

阿呆在玄月的搀扶下坐到床沿，他微笑着道："天罡剑派在我心中的地位和神圣廷在你心中的地位是一样的。我好不容易才回来一趟，我希望为天罡剑派做些什么，反正精神力是可以恢复的，没什么，我冥思一会儿就会好的。"

　　"唉，你呀，快冥思吧，我为你护法。"说完，玄月温柔地帮阿呆将外衣脱掉，扶着他坐到床上。

　　感受着玄月的温柔，阿呆心中平静，他合起双眼，渐渐进入了冥思状态。很久没有冥思过了，刚开始时，因为精神力和真气完全不同，他还有些不适应。渐渐地，通过与意识之海融合，他才进入恢复修炼状态。

　　不知道过了多长时间，当感觉到自己的意识之海再次被精神能量注满之后，阿呆从冥思状态中清醒过来。

　　一睁眼，阿呆就看到了坐在自己身旁、同样在冥思的玄月。看着被金色光芒包裹的她，他心中不禁一阵温暖。

　　这就是我的妻子啊！

　　玄月似乎感觉到了阿呆那炽热的目光，缓缓睁开美眸，笑道："呆子，看什么？"

　　阿呆痴痴地道："当然是在看我美丽的老婆。月月，你真美！我每次看到你，仿佛回到了当年在红飓族第一次见到你，被你惊艳的时候。"

　　玄月的目光变得柔和，她低声说道："虽然你长得并不英俊，但我还是不由得喜欢上了你。说实话，我都不知道自己到底喜欢你哪一点，可正是这种没有理由的喜欢更让我难以自拔。"

阿呆动情地将玄月搂入怀中，刚想要再说些什么，却突然听到从外面传来了轻微的脚步声，来人似乎是个高手。

玄月的灵觉异常敏锐，自然也听到了。她离开阿呆的怀抱，两人同时向门口看去。

门开了，席文那熟悉的身影出现在两人面前。

阿呆从床上跳下去，惊喜地道："大师伯！"

席文微微一笑，道："孩子，你回来了！我听月月说，你们此行的任务完成了。大师伯真为你感到骄傲啊！"

阿呆挠挠头，道："运气好而已。大师伯，您和月月已经见过面了吗？你们为什么不叫醒我？"

玄月道："你耗损了那么多精神力，需要时间恢复，我当然不能叫醒你。你已经冥思两天了，现在恢复得差不多了吧？你冥思的时候，我感觉你的精神力已经非常强大了，如果你主修的是魔法，那你一定也是个魔导师了。"

阿呆道："我自己都不知道为什么精神力会提升得那么快。大师伯，既然月月都跟您说了，那我就不赘述了。

"说实话，死亡山脉那边的情况让我很担忧。亡灵生物的实力比我们想象中的还要强大，那些高等级亡灵生物恐怕会给我们造成很大的麻烦，您准备什么时候去神圣廷和各方势力会合？"

席文道："我今天收到了你二师伯的来信，他也得到了消息，正整合精锐军队和魔法师团，估计还要一段时间才能赶到神圣廷，其他势力的进展应该差不多。

"前些日子，天元大陆上出现了叛徒，闹得人心惶惶，所以各方势力现在有些忙乱，恐怕仍需一段时间才能聚集起来。全部聚齐的话，最快要到三月了。还有十几天，就要进行二十年一度的四大剑圣比试了，等你和另外三位剑圣比试后，咱们立刻前往神圣廷。"

阿呆微笑着道："您和我想到一块去了。大师伯，您放心吧，我一定不会让师祖失望的。这次比试，我决不会输！"

席文的表情变得凝重："孩子，有信心是好事，但你一定不能大意。另外三位剑圣和你的师祖一样，在天元大陆上成名已经有数十年了，不是那么好对付的。只要你能和他们打成平手，就不辱没你师祖的威名了。"

阿呆点了点头，道："大师伯，我明白。其实，您突破了生生真气的第九重境界，也拥有剑圣的实力了。"

席文微微一笑，道："这还要感谢你呢，当初要不是和你一起修炼，我还不知道要过多久才能冲破那道屏障。现在，我的生生变已经修炼到第三变了。

"不过，我年纪大了，今后恐怕很难再有突破。在剩余的岁月里，无论我再怎么努力，都不可能达到你如今的境界。你也知道，生生变每提升一层是多么难。"

阿呆点点头。

如果不是一直吸收着天罡剑圣注入他体内的第二金身的能量，他根本不可能在这么短的时间内就达到第六变的境界。

阿呆安慰道："大师伯，您才八十几岁，年纪也不算太大啊！"

席文走进房间，在椅子上坐了下来，道："傻小子，什么八十几岁？我已经年过九十了。我可没有你师祖那么高深的功力，最多再活个二十年。天罡剑派今后的重任还得由你来承担啊！

"如果这次我们将死亡山脉中的暗圣教消灭，我不准备再修炼下去了。我和你另外几位师伯已经决定了，我们这一生几乎有大半的时间都是在修炼中度过的，最后这段日子，我们要为自己而活，所以我们准备到天元大陆风景优美的地方去转转。"

听了席文说的这番话，阿呆的眼中不禁流露出了一丝黯淡："大师伯……"

席文摆了摆手，道："人的一生不过百年，总归是要死的嘛。死并不是一件可怕的事情，一个生命的结束，却是另一个生命的开始。你不要多想。等我百年之后，如果你愿意的话，就回到这里接任掌门之位吧！如果你不愿意，那我也不勉强，只要你能多关照下天罡剑派就行了。

"直到现在，我才明白当初师父传功给你的良苦用心。只要天罡剑派里有一位剑圣，在天元大陆上的地位就没人能撼动。对了，你那天为那群四代弟子传功的事情，我已经知道了。我到现在才完全相信普林先知说的话，你不愧是天元大陆的光明主。那些调皮的孩子在那天之后拼命修炼，我以前可没见他们那么认真修炼过，我真要谢谢你啊！"

阿呆摇摇头，道："这是我应该做的。作为天罡剑派的弟子，我为天罡剑派做的实在是太少了。您放心，不论什么时候，这里都是我的家。我只要活着，就不会让任何人对天罡剑派不利。"

席文满意地笑了，点了点头，道："我真是太佩服师父识人的眼光了。看来，天罡剑派可以百年无忧了。"

阿呆道："大师伯，我很快就要和另外三位剑圣进行比试了，我想在这十几天的时间里闭关修炼，争取让自己的修为再次提升，这样我就更有把握赢了。"

席文点了点头，道："我也是这么想的。对了，我听师父说过四大剑圣比试的规则，我说给你听听吧。其实，他们比试的规则很简单，每次都是轮流战斗。也就是说，你们要分别和另外三人交手，最后按照胜率来排名次。

"东方剑圣云翳的排名向来仅次于你师祖，他的修为很深厚。说来好笑，前几次比试的结果完全相同，三战都是你师祖全胜，云翳两胜，而北方剑圣鹊突只夺得一胜。最惨的是西方剑圣哈里，他好像从来没有赢过。

"云翳的清风明月剑法深得你师祖的推崇，他今年差不多有一百一十岁了，比你师祖小不了多少。在其他三大剑圣中，就数他和你师祖的交情最深。他的剑法特点是无孔不入，斗气的穿透性非常强。当年，你师祖要胜他也绝非易事，所以他是你最大的对手。你只要能和他打成平手，那就足够了。二十年过去了，不知道他有没有创造出新的武技。

"北方剑圣鹊突的火魔真气非常霸道，有撼天动地之威，配合他那刚猛的火魔剑法，比云翳的清风明月剑法差不了多少。他是四大剑圣中修炼最刻苦的，只是悟性比你师祖和云翳要差一些，所以屈居第三。

"至于西方剑圣哈里，他擅长的是青莲斗气。以你现在的功力，你应该足以稳胜他，但你千万不可大意。哈里经常会出一些奇招，这也是他最让人头疼的一点。上次一战，师父带我一起去了，那次我原本在观战，可是他们比试时产生的斗气过于强大，我仅仅观战了一会儿就目眩神摇，被你师祖送出了战场。

"后来，他们四人足足打了二十天才携手而出。当世的武者中，能成为你师祖朋友的，也就他们三个人。见到他们之后，你一定要恭敬一些，行弟子礼，明白吗？"

阿呆点了点头，苦笑道："在这三位前辈中，就只有云翳前辈我还没有见过。西方剑圣和北方剑圣都给我赐教过，他们的修为确实非常深厚。"

席文一惊，道："你见过这两位剑圣？这是什么时候的事情？我怎么没听你说过？"

当下，阿呆将自己如何结识西方剑圣哈里，以及同北方剑圣鹘突结怨的事情完整地讲述了一遍。

听完阿呆的讲述，席文轻叹一声，道："和鹘突前辈结怨的事，你不用太在意。不过，话说回来，你在天元大陆上闯荡的这几年里解决掉的人不少，幸好那些人都罪有应得，否则我都饶不了你。"

听了席文的话，阿呆背上冒出了冷汗。回想起自己以前的所作所为，他的心不由得微微颤抖。

　　席文道："好了，你不要多想。既然事情已经发生了，你现在后悔也没用。鹘突前辈虽然霸道，但并非不明事理之人。而且，有其他两位剑圣在，只要你把事情跟他说清楚，你的态度恭敬一些，向他认个错，他不会为难你的。"

　　阿呆轻叹一声，想起丫头死时那凄迷的景象，他淡淡地道："灭了提罗，对我来说是最不后悔的一件事。就算重来一百回，我还是会这样做。我虽然尊敬另外三位剑圣，但在这件事情上，我是绝对不会承认自己错了的。我并不怕鹘突前辈为难我，我当初解决提罗的时候，早已想到会和鹘突前辈起冲突。"

　　席文沉默了，半晌，他摇摇头，道："到时候再说吧。不过，你不可做出过激之举，毕竟要给那些老前辈留几分情面。不论什么时候，大师伯都是站在你这一边的。"

　　阿呆眼圈一红，感激道："谢谢您，大师伯。"

　　席文起身，道："你准备到什么地方去静修？天罡剑派的人比较多，容易影响到你修炼。"

　　阿呆想了一下，道："那我就去当初师祖他老人家经常去修炼的后山石窟吧。"

　　想起天罡剑圣那慈祥的面容，阿呆心中不禁涌现强烈的悲恸，泪水顺着脸颊流了下来。

　　席文走到阿呆身旁，拍了拍他的肩膀，道："好孩子，别伤心了，你师祖要是看到你有今天的成就，也一定会为你骄傲的。走吧，我现在就带你过去。月月，照顾阿呆的事情就麻烦你了。"

玄月拉住阿呆的手，微笑着道："大师伯，这是我应该做的，一点都不麻烦。"

十八天后，天罡剑派后山的石窟。

玄月担忧地看着十米外盘膝坐在大石头上的阿呆。

阿呆所坐的位置，正是当年天罡剑圣修炼时所坐的位置。他已经打坐十八天了，却仍然没有一丝清醒的迹象。

四大剑圣比试的日子就是今天。虽然另外三位剑圣还没有到，但如果阿呆不能及时清醒过来，那他根本无法应战。而且，此刻他身体周围的护体真气显得极不稳定，一下子呈银色，一下子呈金色，两种颜色交替出现。

玄月异常焦急。其实，阿呆五天前就变成这个样子了，她担心阿呆走火入魔，还将席文找了过来，可席文也不知道阿呆为什么会变成这样，他也不敢轻易出手，唯恐影响了阿呆的修炼，造成严重的后果。

席文告诉玄月，现在能做的就是等下去，等阿呆自己从修炼的状态中清醒过来。

阿呆身体周围的护体真气不但不稳定，而且有极强的排斥性，即使以玄月的修为，她也无法靠近阿呆周围十米的范围，只能眼睁睁地看着阿呆在金、银两色不断交替的能量中修炼。

突然，就在玄月万分焦急之时，阿呆的护体真气发生了变化。

一道金色光芒在他的胸口处亮起，他身体周围的护体真气骤然强盛，将玄月一直推到石窟的洞壁处才停下来。

在巨大的压力下，玄月只能召唤出凤凰覆体保护自己。突然，她惊讶地看向阿呆。

阿呆胸口处的那团金色光芒骤然大亮之后，渐渐向下方移去，刺目的金色光芒使玄月下意识地闭上了双眸。而后，那团金色光芒快速地融入了阿呆的丹田之中。

阿呆身体周围的金、银两色不断交替的能量变成了金色。在那金色能量的包裹中，阿呆宛如神明。

"啊——"

长啸声从阿呆口中发出，金色光芒骤然聚拢，而后猛地朝上方冲去。

石窟厚实的洞壁宛如冰遇到烈火般迅速地融化了，没有激荡起一丝灰尘。而金色光芒已经穿透厚达数十米的洞顶，直射天际。

清朗的长啸声伴随着冲天而起的金色光芒急速冲出，天罡山在这长啸声中微微地震颤着。

一缕阳光从被庞大能量穿透的洞顶穿过，直射在阿呆的身上。在阳光的照耀下，那护在阿呆体外的金色光芒显得更加绚丽了。

天罡山主峰半山腰处，正在不断向上攀爬的九道身影突然停了下来，为首的三人须发皆白，分别穿着蓝、红、青三色长袍。

穿青色长袍的老者微笑着说道："你们听见了吗？狄斯那个老家伙在欢迎咱们呢！看来，他的功力又长进了不少啊！"

穿红色长袍的老者哼了一声，从腰间取下铁葫芦，向嘴里灌了一大口酒，道："什么欢迎，他这明明是在向我们示威。那个老家伙还说我的好胜心强，难道他的好胜心就弱吗？"

穿蓝色长袍的老者面容古朴，脸上带着一丝微笑："鹘突，你个老家伙，都这么大岁数了，脾气可是一点都没变啊！狄斯的功力提升之快，实在出乎我的意料。这回，咱们又可以痛痛快快地和他打一场了。咱们这些老朋友都二十年没见了，你的脾气就收敛一下吧。"

这三名老者，正是西方剑圣哈里、北方剑圣鹘突以及东方剑圣云翳。

跟在他们身后的，分别是鹘突的四名弟子，即组建了骷髅佣兵团的四骷髅，还有云翳的两名弟子，也就是红飓佣兵团的正副团长连单和祝渊。

四大剑圣比试，这可是千载难逢的场面，他们怎么能不来观战？

第 188 章
须弥之剑

　　哈里道："鹊突，路上我跟你说的那件事，你考虑得怎么样了？你那弟子的死，根本怪不得阿呆那小子。你可不要太执拗了，到时搞得狄斯和我们面子上过不去。"

　　鹊突哼了一声，道："没什么好考虑的。就算是提罗那可恶的小子该死，也轮不到阿呆那家伙动手吧。我不管，我一定要向狄斯讨个公道，最起码要收拾一下阿呆。"

　　哈里朗声笑道："收拾他？依我看，你不被他收拾就不错了。狄斯真厉害，竟然培养出了这么强的徒孙。比起我们三个老家伙，阿呆的实力强多了。加上他，现在天元大陆上已经有五位剑圣了。鹊突，你还是小心点吧，可别在小辈面前栽跟头啊！"

　　鹊突怒道："打不过狄斯，我承认，但他那徒孙再怎么厉害，也不可能是我的对手。哈里，你少泼我冷水。等比试开始以后，看我怎么收拾你这家伙！"

哈里无奈地摊了摊手，道："无所谓，随便你好了。反正我这么多年都没赢过，我早就习惯了。可你赢我算什么本事？有能耐，你把狄斯赢了，那我就佩服你。不论你提什么要求，我都答应。"

鹊突被哈里说得哑口无言，他虽然自大，但也知道自己不可能是狄斯的对手。

云翳笑道："你们啊，这么多年过去了还是没变，一见面就吵。我们都年过百岁了，还有什么可吵的呢？或许，这是我们四个老家伙最后一次聚首了。这回，我们一定要多叨扰狄斯几天，以后就没机会了。"

九人都是修为高深之人，尤其是三位剑圣，往上攀爬时一点都不费力，说话的工夫，他们已经接近了天罡山主峰。

天罡剑派的山门在望，两旁分别站着百名弟子，门口有七名身负重剑的老者在等候，正是以席文为首的七名二代弟子，旁边的是身穿白衣的阿呆和身穿红色廷司袍的玄月。

当他们看到三位剑圣后，同时飘飞而起，迎了上来。

云翳等人停下脚步。

席文快步上前，恭敬地道："天罡剑派掌门席文，带领众弟子恭迎三位前辈大驾光临。"

云翳轻叹一声，道："二十年没见，席文你也老了，都和我们一样白发苍苍了。"

席文微笑着道："云翳前辈，您依然和以前一样英姿飒爽啊！我已经年过九十，自然是白发满头了。三位前辈，里面请吧！"

云翳点了点头，在席文的带领下向天罡剑派的大门走去。

鹘突恨恨地瞪了阿呆一眼，阿呆却好像没有看到他一样，脸上依旧是淡漠的表情。

鹘突心中一惊，他突然发现自己竟然无法感应到阿呆的修为。和上次在亚琏族大草原相比，阿呆的修为似乎又长进了许多。

鹘突冷哼一声，道："狄斯的架子可真大啊！老朋友来访，他竟然连面都不露。"

席文轻叹一声，道："鹘突前辈，师父他老人家是有苦衷的，等进去以后，您自然就明白了。"

云翳微笑着道："这也没什么。狄斯大哥年长，就算不来迎接我们也是应该的。席文啊，你的修为似乎已经接近剑圣境界了，你的生生决突破第九重境界了吧？"

席文身体一颤，暗叹厉害，恭敬地回道："托前辈的福，我突破第九重境界还没多久。"

云翳道："狄斯大哥真是后继有人啊！我听哈里说，还有一个小弟子也突破了第九重境界，是吗？"

席文点了点头，朝身后的阿呆使了个眼色。

阿呆赶忙快步上前，躬身施礼，道："天罡剑派三代弟子阿呆见过三位前辈。"

哈里笑道："小阿呆，你的修为似乎又长进了不少，真是一代新人换旧人啊，我可是越来越嫉妒狄斯了。"

云翳眼中光芒一闪。他吃惊地发现，面前的这个青年虽然站在那里朝他们施礼，但身上的气势如同山岳一般不可撼动，竟然没有露出一丝破绽。

云翳点点头，道："嗯，哈里和我说天罡剑派中有个小弟子的修为高深，而且已经达到剑圣境界时，我还不相信，现在看来他并没有说谎。"

到了云翳这等层次，他一眼就能看出其他人的修为达到了何等境界。

阿呆从没有见过云翳，不禁抬头向对方看去。由于先前席文对他说过云翳和天罡剑圣的感情最好，他心中自然生出了几分好感。他微笑着道："前辈过奖了。"

接着，在席文等七名二代弟子的带领下，众人进入天罡剑派的议事厅。由于众多前辈在场，阿呆和玄月不好和四骷髅叙旧。

四骷髅今天都穿着普通的劲装。

冰骷髅时不时幽怨地看阿呆一眼，可阿呆总是低着头，并没有看她。

血骷髅、铁骷髅、风骷髅的目光都集中到了绝美的玄月身上，虽然他们都猜到面前的红衣姑娘就是当日和阿呆在一起的玄日，但他们怎么也没有想到，玄月的容貌竟然如此美。

血骷髅的反应还好，铁骷髅和风骷髅都目瞪口呆了。

众人分别落座后，云翳问道："席文，狄斯大哥呢？他还在修炼吗？"

席文站起来，和阿呆对视一眼，而后叹息道："今天在这里，我要宣布一件事。"他用生生真气把自己的声音远远地传开了，使议事厅外的众弟子也能够听见。

听了席文的话，三位剑圣不约而同地皱起了眉头。他们此次是来找天罡剑圣比试的，实在不想在这里耽搁时间。

鹘突刚要说话，却被云翳用眼神制止了。

席文停顿了一下，继续道："我要宣布的事，就是恩师天罡剑圣早已羽化登仙。"

"什么?! "

云翳、鹘突、哈里同时站了起来，强大的威势从他们身上骤然散发出来，压制得七名天罡剑派的二代弟子不由得身体一颤。

议事厅外，天罡剑派的弟子们顿时议论纷纷。

悲痛之情顷刻间充斥所有弟子心头。毕竟对于他们来说，天罡剑圣是伟大的领导者，堪称传说中的人物。

天罡剑派中，还有很多四代弟子从来没见过天罡剑圣，此时听到自己内心最敬重的天罡剑圣已经仙逝，心中怎能不惊讶呢？

云翳沉声问道："席文，这到底是怎么回事？你要给我们一个解释。"

感觉到云翳三人身上散发出的庞大气势，席文眼中光芒一闪，毫不畏惧地往前一步，道："三位前辈，其实师父他老人家去世好几年了，但他临走时吩咐我，不要把他去世的消息散播出去，一定要等到天罡剑派中诞生新的剑圣之后再公开。除了我们这些二代弟子，后代弟子几乎都不知道此事。"

云翳眼中闪烁泪光，身体微微颤动一下，他喃喃道："狄斯大哥，没想到你就这么去了。我们既是对手，又是朋友，可我都没赶上送你最后一程。唉，看来我们真的是老了，死亡是不可避免的，连修为最高的你都……"

鹘突神情黯然，叹息一声，道："人总归是要死的，可是狄斯老大就这么死了，我们再也没有对手了。"

哈里抬头看向阿呆，责怪道："你是不是早就知道了？为什么不告诉我？"

阿呆眼圈通红地道："对不起，哈里大叔。那是师祖的遗命，我不能违背啊！"

席文深吸一口气，朗声说道："此外，我还要宣布一件事。从今天起，三代弟子阿呆取代天罡剑圣成为新的剑圣。他是我们天罡剑派永远的监院，有监督天罡剑派任何举措之权。不论是谁，包括我在内，只要违反了派规，监院有惩罚之权。"

鹘突怒气冲冲地道："等一下。他凭什么接替狄斯老大的位置？他一个毛头小子，就想骑在我们三个老家伙的头上，成为天元大陆上的第一剑圣？这绝对不行！"

云翳看了一眼愤愤不平的鹘突，怒道："这是天罡剑派的事，你不要插手！你不要以为狄斯大哥死了，你就可以肆无忌惮。这里还有我呢，你给我安静一点！我现在心情很不好，你应该知道，在这种情况下惹怒我会有什么下场。"

鹘突对云翳还是有点畏惧的，他冷哼一声，坐回自己的位置。

席文朝云翳施礼，道："多谢前辈解围。关于这件事，我们天罡剑派一定会给三位前辈一个交代。早在师父仙逝之前，他就已经决定由阿呆代替他和三位前辈比试。我今天正式宣布阿呆的新身份，就是给他个名分而已。"

阿呆眼中的悲伤消失了，取而代之的是淡然。他走到云翳三人的面前，道："三位前辈，请多指教。"

哈里拍了拍他的肩膀，道："狄斯老大死了，我也没什么心情比试了，依我看，我们这四大剑圣的比试就取消吧。在我们心中，狄斯老大永远是最强的剑圣。"

阿呆心中一暖，他明白，哈里之所以这么说，最主要的原因是怕鹘突在比试中趁机报复自己。

阿呆感激地一笑，道："多谢哈里大叔！不过，作为天罡剑圣的继承人，我请求三位前辈给我一个比试的机会，我不能让飞升到了另一个世界的师祖蒙羞。如果三位前辈都休息好了，那我们就去后山比试吧。"说完，他做出一个"请"的手势。

"阿呆，你疯了！"一个焦急的声音传入阿呆的耳中。

阿呆一愣，循声看去，说话的竟然是冰骷髅。

鹘突眼中寒光一闪，喝道："老四，给我闭嘴！"

在师父的威压下，冰骷髅深深地看了阿呆一眼，这才退到一旁，不再吭声。

阿呆歉然一笑，朝冰骷髅轻轻地摇了摇头。

鹘突瞪了阿呆一眼，道："小子，你看我弟子干什么？难道你还想再灭我一个弟子？你要代替狄斯老大比试，我不反对，不过，如果你死在我的手上，那可怨不得我。带路吧！"

阿呆并没有理会鹘突的威胁，朝云翳和哈里点头致意后，率先走出了议事厅。在他的带领下，云翳一行九人，以及席文师兄弟，还有玄月，一起来到了当初天罡剑圣修炼的后山石窟外。

阿呆一直走到石窟旁的悬崖边才停了下来。他负手而立，一阵山风吹过，给人一种出尘的感觉。

云翳、鹘突、哈里三人飘飞而起，落在阿呆身前。

其他观战的人不约而同地向后退去，直到退后数百米，才停了下来。

席文七人同时催动了护身斗气，随时准备抵挡这四位绝世高手交手时产生的能量余波。

山顶的温度很低，悬崖边凝结出了稀薄的冰层。阿呆四人站在那里，却宛如山岳一般不可撼动。

寒冷的山风吹过，四人的白、蓝、红、青四色长袍微微飘动。谁都没有说话，只是默默地凝视着其他三人。

在三位剑圣的注视下，阿呆没有一丝慌张，那强大的威势似乎并没有影响到他。半晌，他微微一笑，道："三位前辈，我第一次参加剑圣比试，就请三位前辈定规矩吧。"

云翳轻叹一声，道："其实我和哈里的想法一样，这场比试已经没有什么意义了。不过，既然你想要代替你师祖完成这次比试，我们又怎能拒绝呢？

"这样吧，比试的规矩改一下，只要你分别接下我们每人全力使出的三招，我们就奉你为尊，让你成为继你师祖后的第二位天罡剑圣。"

听了云翳的话，哈里露出一丝微笑，轻轻地点了点头。

鹘突却露出惊愕的神色，显然没想到云翳会如此决定。

看着云翳朴实的面容，阿呆的心里一阵激荡。他当然知道，云翳是有意成全自己，于是深吸一口气，朝云翳弯腰施礼道："好，那就依前辈所言吧！哪位前辈先来赐教呢？"

鹘突不屑地哼了一声，道："你这偷奸耍滑的小子，真给狄斯丢人！"

阿呆冷冷地看了鹘突一眼，道："北方剑圣前辈，那就请您先赐教吧。如果在三招之内我不能胜您，我的命任由您取去。"

鹘突全身一震，红色的光芒骤然亮起，大怒道："你说什么？在三招之内胜我？你这是在找死?！"

鹘突腰间的酒葫芦不知道什么时候就到了他的手中，随着他那闪电般移动的身体，向阿呆当头砸来。

阿呆依然负手而立，没有露出一丝惊慌，金色光芒从他体内飘荡而出。他一记直拳向鹘突袭去，金色斗气蕴含在他的拳头之中，看上去似乎没有什么威势。

哈里和云翳见两人已经动手，只得退到一旁观战。

阿呆的拳头和鹘突的酒葫芦碰撞在一起，没有发出一点声音。

鹘突当即催动火魔真气，连站在数百米外的席文等人都感觉到阵阵炙热，山顶的一些坚冰渐渐融化了。

鹊突脸上的神色突然变了，当他的酒葫芦和阿呆的拳头碰撞之时，他感觉到了对方拳头的强大威力。无论他如何催动斗气，都没有丝毫作用。

阿呆眼中闪过光芒，他沉声大喝道："开！"

"轰"的一声，鹊突的酒葫芦碎了，剩余的大半酒水飘洒而出，自己则被震得连退数步才站稳，脸色苍白，显然刚才吃了亏。

阿呆的手一招，那些酒水被他吸入手中。随着能量转换，酒水凝聚成了一团。而后他随手一抖，如同水晶般的圆球飘荡而出。

他淡然道："鹊突前辈，您也接我一招吧！"说完，那水晶般的圆球画出一道优美的弧线，朝鹊突而去。

这么多年来，鹊突从来没有像今天这般狼狈过。虽然他一开始有些轻敌，但在真正跟阿呆交手之后，他已经尽了全力，结果还是被面前这个看上去并不起眼的青年震退了。

即使是当初的天罡剑圣，也没有这个实力可以做到。

鹊突大惊，酒水已经向他扑面而来。

他毕竟是剑圣，实力极强，虽然惊诧，但反应极快。一缕红光从他的腰间闪出，如同火蛇般朝面前的酒水袭去。灼热的能量还没碰到酒水，酒水就已经燃烧起来，形成一个巨大的火球。

"噗——"

火球分裂成两半，酒水从鹊突的身体两侧倾泻而下。

阿呆并没有继续攻击，而是站在原地，冷冷地看着鹊突。

鹘突调匀体内的气息，恨恨地道："好小子，竟能逼得我使出赤龙剑！"

阿呆淡漠地看着鹘突手中那柄火光闪烁的软剑，暗自吃惊。

从赤龙剑蕴含着的能量来看，这分明是一件不次于低级神器的兵刃。

"鹘突前辈，刚才这就算一招吧。接下来还有两招，请您全力迎击。"

金色光芒骤然在阿呆手中亮起，那雄厚的能量逐渐凝聚成一柄长剑，不断地变大。眨眼的工夫，一柄长约十尺、宽一尺半、厚半尺的巨型能量剑就出现在他的手中。

阿呆抬起右臂，巨大的剑身斜指天际，全身充满了不可一世的气势，澎湃的气流以旋涡般的形状不断地向外蔓延。

是的，阿呆终于达到了当初天罡剑圣所说的境界。为了更好地迎接来自三位剑圣的挑战，在闭关的那十八天里，他不断地提升着生生真气的威力，逐渐吸收第二金身的最后能量。

在他本身强大的金身的作用下，第二金身渐渐被蚕食了，终于在今天清晨完全融入了他体内的金身之中。

他现在的金身高八寸，几乎占满了整个丹田，庞大的能量已经让金身由金色变为白色，也使得修为达到了前所未有的高度，终于超越了天罡剑圣当年的境界，达到了生生变的最后一变——金变。

阿呆现在完全有信心凭借强大的实力和三大剑圣一争高下。

看到阿呆手中的能量剑，三大剑圣皆骇然失色。到了他们这等层次，他们当然知道这么大的能量剑代表着什么。那代表着实力，强大的实力。

席文难掩内心的喜悦，白发无风自动。他喃喃道："好，好，阿呆你终于做到了，这可是神的领域啊！你已经突破了剑圣境界，成为天元大陆上的第一位剑神！"

阿呆的左手缓缓地覆到右手上，双手同时握住那柄巨大的固态能量剑。

鹘突清晰地感觉到，自己周围的空气仿佛被那柄巨大的能量剑吞噬了，他竟然无法逃离能量剑的攻击范围。

他只能硬着头皮将火魔真气提升到极致，同时催动手中的赤龙剑，身体挺得笔直，散发出灼热的气息。面对阿呆神级的实力，他已经有些怯懦了。

阿呆沉声道："鹘突前辈，请接我一剑，天罡剑法起首式——劈斩！"

阿呆的精神力完全与手中的能量剑融合在一起，他身随剑走，人剑合一，向面前的鹘突斩去。

能量剑散发出无与伦比的强大气势，压制得鹘突手中的赤龙剑上的火魔斗气不断地颤动着。

无论是谁，都能看出，鹘突接不下阿呆这一剑。

鹘突双目圆睁，须发怒张，双手握住赤龙剑，猛地迎了上去。

阿呆内心无比平静，局势完全在他的掌控之中。这一刻，丫头惨死时的面容在他的脑海中一闪而过，一丝杀气从他的体内发出，那是死神的气息。

在阿呆这夺天地造化的一剑快要吞噬鹊突的身体和灵魂之时，四个声音同时响起："手下留情！"

其中一个尖锐而焦虑的声音格外明显。

阿呆精神一振，他知道，这呼喊声来自四骷髅。回想起当初冰骷髅在自己离开时那悲伤的眼神，阿呆不禁暗叹一声。

"轰——"

巨大的冲击波以阿呆和鹊突交手之处为中心骤然爆发了。

在冲击波的作用下，包括云翳和哈里在内，众人都不由自主地退开了。

人影一闪而过，阿呆飘然落在鹊突背后十米外，手中巨大的能量剑依然金光闪烁。

而鹊突的赤龙剑的光芒已经暗淡了，垂在他的手中。他的身体微微颤抖着，明亮的眼眸变得异常混浊，整个人仿佛一下子苍老了几十岁。

玄月魔法修为出众，对武技却并不是很了解，她焦急地问身旁的席文："大师伯，阿呆没事吧？"

席文抚须，微笑着道："当双方的实力差距过大时，往往会在很短的时间内决出胜负，鹊突已经输了，彻底地输了。"

红光一闪，鹊突手中的赤龙剑没于腰间，灼热的气流消失了。

他颤巍巍地转过身，对着阿呆的背影说道："提罗的事从此翻篇，我认输！"说完，他默默地飘落到哈里身旁，盘膝坐在地上，不再吭声。

鹊突心里明白，如果不是刚才阿呆手下留情，他现在恐怕已经变成了齑粉。

阿呆听到四骷髅的呼喊声后，将能量剑的金色光芒完全收敛，改攻击为防御，虽然彻底化解了鹊突的火魇真气，但并没有伤到他分毫。

阿呆缓缓转过身。一招击败北方剑圣鹊突，这让他的心中无比痛快。

他面向三位剑圣，微微躬身，道："承让了。"

哈里散去护体的青莲斗气，微笑着道："看来，我新研究出的那几招是用不上了。连鹊突都不是你的对手，我还是弃权吧，反正我回回都是最后一名，再输一回也没什么丢人的。

"阿呆，你可真给狄斯老大争气啊！我到现在都不明白，你是怎么修炼的。你才二十几岁，怎么就拥有如此强大的实力呢？难道我们这些老家伙全是废物了吗？"

阿呆见云翳和哈里都没有要动手的意思，于是将手中的能量剑收回体内，叹息一声，道："晚辈之所以有今天的成就，是托了师祖的福。如果没有师祖他老人家的恩惠，我不可能达到生生真气的最高境界。到了现在，我没什么可隐瞒的了。

"师祖他老人家之所以仙逝，是因为他将自己的功力全部传给了我。他用开顶传功之法将自己的功力全部传给我后，他那庞大的能量在我的体内形成了第二金身。在我不断地修炼时，他的功力被我逐渐吸收了。直到今天，我才将他的功力完全同化，终于达到了他期望的高度。"

盘膝坐着的鹊突猛地睁开眼，眼中充满惊骇。他和哈里、云翳对视一眼，长叹道："老大就是老大，不论什么时候，他都比我们想得长远。他真是厉害啊！

"小子，你的运气很好。你知道吗？这种开顶传功之法成功的可能性不到三成，一旦失败，不仅你师祖会死，就连你也不能幸免于难。

"怪不得，怪不得啊！我服了，我服了！狄斯，你在天上等着我啊，等我也到了那里，我一定要拜你为师。"

云翳微笑着道："这可以说是四大剑圣比试用时最少的一次。依我看，我们也不必再比下去了，天罡剑圣仍然是四大剑圣之首，只是'狄斯'这个名字改成了'阿呆'。

"阿呆，你不用过于自谦，狄斯大哥传给你的功力固然对你的助益很大，但如果你自己没有刻苦修炼，是无法有今天的成就的。我们都老了，以后是你们年轻人的天下了。"

阿呆后退两步，"扑通"一声，跪倒在三位剑圣的面前。

云翳和哈里不禁一愣。

鹊突则皱起眉头，微怒道："小子，你这是在羞辱我们吗？"

哈里上前想将阿呆拉起来，却被他雄厚的生生斗气阻止了。

"阿呆，你这是干什么？"

阿呆低着头，道："三位前辈，阿呆有一事相求，望三位前辈应允。"

云翳走到哈里身旁，对阿呆道："你先起来。如今你可是我们四位剑圣中排名第一的，不论什么时候，你都要清楚自己的身份，怎么能轻易下跪呢？"

阿呆没有动，而是诚挚地说道："等我把话说完，我自然会站起来。云翳前辈，我不是为自己跪你们，而是为了天下苍生。天元大陆就要发生巨变了，由黑暗势力组成的暗圣教企图打开通往魔界的入口。

"一旦暗圣教打开魔界入口，天元大陆上的人将陷于水深火热之中。为了我们族群的延续，为了人类的生存，我想请三位前辈以大局为重，齐心协力帮助神圣廷将暗圣教彻底消灭。"

云翳微微颔首，道："这件事情我听哈里提过，但他说得并不详细，你先起来，把具体的事情告诉我们。"

阿呆听云翳的语气有所松动，而哈里自然是支持自己的，于是站起身来，将关于暗圣教以及死亡山脉的一切详细地说了一遍。

听完阿呆的叙述，云翳眉头紧锁，道："我几十年没过问天元大陆上的事情了，没想到，黑暗势力已经发展到如此程度了。我们始终是人类的一分子，为维护人类的生存空间尽一份力是应该的。孩子，我答应你。反正我已经活了一百多岁，就陪你们去死亡山脉走一遭，去看看那些亡灵生物到底有多强大。"

阿呆大喜，恭敬地说道："谢谢您，云翳前辈。哈里大叔，那您呢？"

哈里笑道："这还用说吗？我不是早就答应你了吗？对了，有件喜事忘记告诉你了，当初你送到我家来的小环，和我大儿子感情很好，等我们彻底消灭了暗圣教，或许能看到他们成婚。"

　　阿呆全身一震。听到哈里提起小环，他不由得想到了丫头。他点了点头，道："这是她最好的归宿。谢谢您，哈里大叔。"

第189章
同往神圣廷

"小子，你怎么不问问我去不去？难道是看不起老头子我吗？"

鹛突陡然站起来。刚才他和阿呆交手时受到震荡，但由于阿呆手下留情，所以他并没有受伤。

阿呆一愣，苦笑道："我怎么会看不起您呢？我只是怕您不愿意而已。"

鹛突怒道："你真当我是老糊涂？我刚才说了，你和提罗的事情已经过去了。你刚刚说的可是关系到天元大陆安危的大事，怎么能少了我呢？我和你们一起去死亡山脉，我倒要看看，是那些亡灵生物厉害，还是我这把老骨头厉害。"

阿呆怎么也没想到，自己竟然如此轻易地就说服了三位剑圣，兴奋之情溢于言表。

他再次向三位剑圣施礼，道："那就谢谢三位前辈了。"

此时，席文带着众人走了过来。

玄月挎着阿呆的手臂，对三位剑圣笑道："我代表神圣廷欢迎三位前辈的加入。"

鹘突看看阿呆，又看看玄月，哼了一声，道："你这个小丫头能够代表神圣廷？"

玄月道："当然能啊！我可是神圣廷的红衣廷司，难道您忘了先前席文老师的介绍？"

鹘突的年纪比廷主还要大得多，对"红衣廷司"这个职称显得很陌生："我们参加剿灭暗圣教的行动是一回事，和你们神圣廷可没什么关系，你们可别想让我们听那什么廷主的指挥。"

玄月嘻嘻一笑，道："才不会有人指挥您呢！您在天元大陆上的地位极高，也没有人配指挥您啊！"

鹘突被玄月戴了顶高帽子，僵硬的脸上终于露出了一丝微笑："嗯，你这小丫头还挺会说话的。我说，阿呆啊，咱们什么时候出发啊？哦，对了，小丫头，你们神圣廷有没有酒啊？我的宝贝酒葫芦陪伴我几十年了，今天被阿呆这小子给弄坏了，你们神圣廷可要赔我一个新的。"

玄月瞥了阿呆一眼，道："明明是他弄坏的，和我们神圣廷有什么关系？"

鹘突瞪了阿呆一眼，低声道："他一个穷小子怎么赔得了我？可你们神圣廷有的是钱，赔我一个上好的酒葫芦肯定是没问题的。不过，你们那些圣职人员好像是不喝酒的吧。"

玄月微笑着道："您放心好了。我们虽然不喝酒，但是有为了接待贵宾而准备的酒啊，而且好像都是百年陈酿，包您满意。"

哈里笑道："鹘突，你个老家伙，其实一点都不糊涂啊！"

鹘突好像没听到哈里的调侃，喜笑颜开地对玄月道："只要有好酒，一切好说。"

阿呆无奈地笑了，先前那个不可一世的鹘突已经不见了。此刻在阿呆眼里，这简直就是一个嗜酒的老顽童。

"三位前辈，你们在山上住一晚吧，明天我们就一起动身前往神圣廷。"

云翳点了点头，道："这些就由你们安排好了，我们只是想为天元大陆出一分力而已。"

连单走到云翳身旁，恭敬地说道："师父，我听阿呆兄弟这么一说，有了一个想法。我想立刻赶回红飓族，召集佣兵界的高手，联合大家一起参与此次行动。我们佣兵也是天元大陆的一分子，应该出些力。"

云翳点点头，道："这个想法很好。那你们现在就回去吧，而后直接带人到神圣廷和我们会合。抓紧时间！"

"是，师父。"

向众人告别后，连单和祝渊就离开了天罡剑派。

血骷髅微笑着道："师父，我们也想参加这次行动，您……"

鹘突因为酒葫芦坏了显得坐立不安，有些烦躁地道："随你们吧，你们这几个家伙也该长长见识了，真不知道你们的修为什么时候才能达到阿呆这傻小子的层次。"

铁骷髅有些不服气，低声道："他不过是取巧而已。"

鹘突冷哼一声，声浪震得铁骷髅身体一颤："取巧？事实证明阿呆的实力就是强。你有本事，也取巧啊！难道你想让老头子我也把功力都传给你？"

看到师父生气了，铁骷髅赶忙低着头退到一旁，不敢再吭声。

席文哈哈一笑，道："三位前辈，请到敝派休息吧！我们这里还有自己酿的果子酒，请三位前辈品尝。"

一听到有酒喝，鹘突顿时来了兴致，顾不得再训斥弟子，连忙说道："快，快带我去，我可是分分钟都离不开酒这个宝贝啊！"

席文本来没想到今天的四大剑圣比试会这么快结束，所以并没有准备什么，回到派里，他赶忙命令弟子们准备宴席。当然，他没忘记先给鹘突弄来一坛美酒。

天罡山上的山珍有很多，这些外来的客人吃得津津有味，宴席在欢快的气氛中逐渐步入了尾声。

云翳对阿呆道："阿呆，今天你和鹘突对战之时所用的是不是你师祖研究出来的须弥之剑？"

阿呆一愣，点头回道："是的，那是须弥之剑的基本形态。"

席文有些疑惑，当即问道："须弥之剑是什么？"连他这个掌门都不知道天罡剑派里有须弥之剑。

阿呆道："须弥之剑是师祖传我的三大绝招之一，也是最后的一招，可以说是师祖最强的武技。师祖说过，我只有在生生变达到第六变后才能修炼。我今天也是第一次用，仅仅凝聚出须弥之剑的基本形态。”

云翳微笑着道：“当年你师祖没有成功，没想到你竟成功了。如果我料得没错，你今天并没有发挥出须弥之剑的真正威力吧？”

阿呆看了鹊突一眼，挠挠头，道：“其实我也不知道须弥之剑究竟有多大的威力。”

鹊突醉眼蒙眬地道：“小子，你用不着看我，难道我输不起吗？那么大的能量剑，恐怕你用来开山都足够了。”

云翳道：“鹊突，你个老家伙，你今天算是很幸运了。难道你没发现，阿呆用的能量剑是固态的吗？那可是狄斯大哥近十几年来研究出的固态斗气。这达到最高境界的固态斗气可以说无坚不摧，须弥之剑才是真正的天下第一剑。”

玄月笑着说道：“前辈，您就别再夸阿呆了，待会儿他恐怕要得意得找不着北了。”

哈里道：“云老哥不是夸他，这些都是事实啊！以阿呆现在的修为，恐怕连你们神圣廷的廷主也无法与他抗衡。在须弥之剑的攻击之下，不要说魔法了，就算是斗气，也毫无抵抗之力。或许，只有我们三个老家伙联手才有可能抵挡住他的威势吧。”

云翳道：“席文，我们四个加上你，可以说是当世五大剑圣。我刚才想了想，既然连阿呆都觉得死亡山脉很危险，那其中蕴含的一定是非我们所能想象的力量。这样好了，在进入死亡山脉之后，我们五人就始终一起行动。一旦遇到强大的亡灵生物，我们就联手灭之。”

席文微笑着说道："这个办法好，只是晚辈的修为又怎么能和几位前辈相比呢？"

哈里道："你也不用过谦，你比我小不了多少，更何况你现在的修为已经达到了和我同等的境界。我们交手的话，我没有赢你的把握。就照云翳大哥说的办吧！好啦，我要去睡觉了。"

这时，云翳拉着鹊突站了起来。

席文和众二代弟子赶忙带着这几位大人物去了早就给他们安排好的住处。

议事厅中，只剩下小一辈的弟子了。

血骷髅见师父走了，顿时轻松了许多。他端起酒杯，快步走到阿呆身旁，笑道："兄弟，我们还没来得及叙旧呢。来，大哥敬你一杯。"

"血骷髅大哥，你也知道我酒量不行，我还是少喝一点吧。"阿呆苦笑，而后抿了一口酒，"你们最近如何？你们来了这里，那骷髅佣兵团你们是怎么安排的？"

血骷髅笑道："还能怎么安排？我们让那群小子找了个安静的地方刻苦修炼呢！想成为一流佣兵，没有扎实的功底怎么行？唉，今天看到连单和祝渊，我的心都凉了。

"我们骷髅佣兵团远远不如红魟佣兵团强大，就连我们四个也远远不是连单的对手。看样子，他已经得到了东方剑圣的真传，相信不出十年，他也能迈进剑圣的领域。依我看，现在只有一个佣兵团能和红魟佣兵团相比。"

阿呆一愣，道："血骷髅大哥，你说的是月痕佣兵团吧？有了霸王佣兵团的加入，月痕佣兵团现在确实很强大。"

　　血骷髅摇了摇头，道："我说的可不是月痕佣兵团，虽然它的实力很强，但现在还远不能威胁到红飓佣兵团。我所说的，是你和玄日兄弟组成的天恶佣兵团啊！有你那须弥之剑，再加上玄日兄弟强劲的魔法，天元大陆上又有谁能与你们匹敌？对了，你还没正式给我们介绍玄日兄弟呢！"

　　此时，三骷髅已经围了过来，他们看向阿呆的眼神都不一样。铁骷髅的眼神中带着一丝不屑，风骷髅的眼神中带着几分敬佩，而冰骷髅的眼眸深处流露出一丝怅惘和悲伤。

　　阿呆尴尬一笑，道："血骷髅大哥，你就别取笑我们了，我们天恶佣兵团就只有两个人而已。来，我给你们介绍一下。"

　　说着，阿呆伸手搂过玄月，道："你们都见过了，那时候出于某种原因，她化装成了男子，其实她真正的名字叫玄月，是我的未婚妻。"

　　听到"未婚妻"三个字，玄月的俏脸上浮现出一丝甜蜜的笑。而冰骷髅全身一震，眼神更加黯淡了。

　　玄月微笑着道："以前真是不好意思。各位哥哥、姐姐，玄月在这里给你们赔礼了。"说完，她朝四人躬身行了一礼。

　　看着玄月绝美的娇颜，血骷髅三兄弟不由得有些失神。

　　风骷髅夸赞道："阿呆兄弟，你真是好福气啊！说实话，我都有些嫉妒你了。哈哈哈！"

血骷髅笑道："无论是谁听到阿呆娶了玄月，恐怕都会忍不住嫉妒吧。对了，阿呆，我刚才想了想，我觉得骷髅佣兵团就由我们四个前往死亡山脉吧。现在想起当初见过的那些暗魔族的家伙，我还心有余悸，我可不想让手下的兄弟去白白送死。"

阿呆点了点头，道："有四位的加入就足够了。唉，那些亡灵生物确实强大，普通的武技者无法和它们对抗啊！"

冰骷髅突然举起酒杯，上前一步，走到阿呆面前，看着阿呆，道："阿呆、玄月，恭喜你们，祝你们白头偕老、永结同心。"说完，她一口饮尽杯中的烈酒，转身就走了出去。

阿呆看着冰骷髅的背影，不禁发愣，他不知道该如何面对眼前的局面。

血骷髅轻叹一声，摇摇头，道："阿呆兄弟，你不用管她，过段时间，她自然会想通的。好了，我们也要去休息了，明天见。"

说完，他带着一脸愤懑的铁骷髅和有些黯然的风骷髅走出了议事厅。

玄月似笑非笑地看着阿呆，道："你这么受欢迎啊！看来，冰骷髅姐姐可是对你用情很深啊！"

阿呆苦笑道："月月，别乱说，我和她怎么可能呢？我早就说过了，我的心中只有你，难道你还不相信我吗？"

玄月嘻嘻笑道："就算我相信你，我也要把你看紧一些，否则你被别人拐跑了，那我怎么办？走吧，咱们也去休息吧！"

阿呆微笑着道："好啊！咱们一起去休息。"

他修炼了这么多天，一直没能陪玄月，心中也有些愧疚，此时正好是个补偿的好机会。

玄月俏脸一红，道："讨厌啦，别乱说，这要是被别人听到，那多不好啊，我们毕竟还没有成婚呢。"

阿呆笑着说道："怕什么？谁还会说咱们的闲话吗？我不管，今晚说什么我也要和你待在一起。"

感受到阿呆霸道话语中蕴含的深情，玄月低下头，不再说话。

两人来到阿呆的房间。

刚打开门，在玄月的惊呼声中，阿呆一把将她搂在怀里，深情地吻住了她。

玄月开始时还有些羞涩，但转瞬间就完全投入了。

此时此刻，两人的眼里只有彼此，仿佛天地间再也没有了其他事物的存在。

半晌，玄月星眸半睁，仍然沉浸在迷醉的状态之中。

阿呆紧紧地抱着玄月，喃喃地道："月月，我好幸福啊！只要有你在身边，我就是全天下最幸福的人。"

玄月脸上的娇羞未褪，觉得甜蜜的同时，心里却又有一种怅然若失的感觉，她知道，自己对阿呆的爱意很深。感受着阿呆的肌肤传来的温度，她喃喃道："我也觉得很幸福。"

阿呆再次紧了紧自己的手臂，感受着从玄月身上传来的温度，手在她的鼻子上轻点一下，低声说道："月月，你好美！我离不开你，真想明天就和你成婚……"

感觉到玄月震颤的身体，阿呆又低声笑道："傻丫头，我胡说的，剿灭暗圣教之后，我们再成婚。你放心，我们都不会有事的，这是我对你的承诺。等到我们成婚的那一天，我要让你成为最幸福的新娘，我会永远永远都像现在这么爱你。"

清晨，席文带着天罡剑派的七十四名三代弟子、七名二代弟子，还有三位剑圣、四骷髅以及玄月，朝着神圣廷的方向赶去。

天罡山上，席文留下了五名沉稳的三代弟子主事。

众人都是高手，对他们而言，地势险峻的天罡山和平地并没有什么区别。

冰骷髅的神色缓和了许多，似乎什么都没有发生过，这让阿呆的心安定了不少。

众人前进的步伐很快。两天后，他们已经进入了神圣廷的领地范围。

神圣廷的防卫依旧严密。当众人来到神圣骑士把守的警戒线外时，他们被拦了下来。

由于廷主早有交代，又有玄月在，这次没有经历什么波折，他们顺利地进入了神山。

得到天罡剑派浩浩荡荡前来的消息之后，廷主亲自带着玄夜、芒修、羽间以及大批高级廷司出来迎接。

廷主看到席文，脸上顿时露出了一丝喜色，快步迎了上来："席文掌门，你们总算来了。"

席文微笑着道："我带来了天罡剑派中的高手，听候廷主大人差遣。守护天元大陆，是我们应该做的。哦，对了，廷主大人，我给您介绍几位前辈。"

听到"前辈"这两个字，廷主顿时心中一惊，但他转瞬就明白过来，天元大陆上能被席文尊称为前辈的只有那几个人。

飘逸的云翳、醉眼蒙眬的鹘突，以及温和的哈里，缓缓从人群中走出来。以三人在天元大陆上的至高地位，他们自然不会向廷主行礼。

廷主心中一凛，从面前这三个人身上散发的气势来看，他知道自己的猜测是正确的，然而他还是看向席文，郑重地问道："这三位是……"

席文笑着说道："这位是当今天下四大剑圣之一的东方剑圣云翳前辈，这位是北方剑圣鹘突前辈，这位是西方剑圣哈里前辈。"

四大剑圣的威名，在天元大陆上可以说是几十年不衰。此时，其中三位剑圣同时出现，顿时让和廷主一同来迎接的众人露出惊讶之色。

面对这些足以和自己平起平坐的高手，廷主肃然起敬，道："欢迎三位剑圣前来，真是怠慢了。"

云翳三人在打量廷主，感应到他那深不可测的修为后，三人都不由得暗暗点头。

云翳道："廷主大人不必客气。我们此次前来，只是想为天元大陆尽一份力，希望你能接纳。"

鹊突补充道："酒一定要管够，否则我可没有力气去消灭什么亡灵生物。"

廷主眼中的欣喜，任何人都能够看出来。

他走到三位剑圣面前，躬身道："三位剑圣能如此顾全大局，真是天下百姓之福，玄迪在此谢过了。"

包括鹊突在内，三位剑圣的身体同时一颤。

虽然他们一向眼高于顶，但廷主在天元大陆上的地位极高，他们又如何不知呢？他们怎么也没想到，天元大陆上首屈一指的人物居然会向他们行礼。

三人对神圣廷的好感顿时大增。

哈里上前，扶住廷主的肩头，微笑着道："廷主大人千万不要多礼，可真是折煞我们这三个老头子了。说起来，咱们的年龄都差不了多少，算是同辈中人。我们会像对待朋友一样，对待你和整个神圣廷的。"

廷主欣慰地点点头，道："能有三位这样的朋友，是我们神圣廷的福气啊！快，三位剑圣、席文掌门，里面请。"说完，他亲自引领众人向光明神殿走去。

云翳和廷主并肩往前走，一边走，一边微笑着道："我听狄斯大哥说过，神圣廷的廷主是一位绝世奇才，今日得见，果然名不虚传啊！可惜狄斯大哥已逝，否则我们四人一起辅助廷主大人，此次前往死亡山脉剿灭暗圣教的行动根本算不了什么。"

廷主轻叹一声，道："说起来，天罡剑圣算是我最敬佩的人。

自我的神圣魔法有成以来，败在他的手下，是我唯一的败绩，我真想再和他切磋一回啊！"

"那还不好办？不是还有他吗？"鹊突搭腔，而后指了指身后的阿呆，"这小子的修为超过了当年的狄斯。你要是想找人切磋，就找他好了，包你满意。"

听到鹊突对阿呆如此赞赏，廷主心中一动，暗想：这三位剑圣恐怕在比试中吃了阿呆的亏啊！光明主果然名不虚传！

廷主道："他是我的孙女婿，我怎能和他动手呢？鹊突剑圣，我早就听说你唯一的嗜好是喝酒，我们神圣廷的陈酿很多，其中当初神羽陛下收藏于地窖中的十坛佳酿'仙人醉'最为有名。多年来，我们喝掉了一些，现在还有三坛。如果你不嫌弃，那我就代表神圣廷把它们都送给你吧。即便是美酒，也要像你这样的酒中豪客才能配得上。"

为了让三大剑圣和神圣廷密切合作，廷主可以说是不遗余力地笼络他们。

鹊突心中大惊。

虽然仙人醉的名字他没有听说过，但那既然是神圣廷的第一任廷主神羽收藏的佳酿，不论酒本身的品质如何，单论收藏的年头，足以让他大惊了。

鹊突高兴地道："好，好，玄迪老弟，你可真懂我的心思啊！只要有了这仙人醉，你让我干什么都行。"

阿呆暗笑：鹊突前辈还真是头脑简单啊！区区三坛美酒，他就被廷主收买了。

阿呆和玄月相视一笑，跟着众人一起进入了光明神殿。

廷主去迎接众人前，早已经有人摆好了椅子。众人纷纷落座，廷主、三位剑圣以及席文坐在上首位。

廷主先命人取来了一坛美酒，酒坛看上去极为普通，上面落了不少灰尘。

鹃突的鼻子动了动，激动地道："好酒！就算还没有开封，我也能闻到醇厚的酒香。玄迪老弟，这就是你说的千年仙人醉吗？"

廷主摇摇头，道："我们神圣廷经常会有客人前来，仙人醉只有我们神圣廷能够出产，是经过秘制酿造，专门用来款待客人的。这只是新酿了一年的仙人醉，你先尝尝。至于那收藏了千年的仙人醉，等晚宴开始时我再命人给你拿出来。"

"好，有酒喝就行，反正这也是好酒。"说完，鹃突揭开泥封，张嘴一吸，如同长鲸引水一般，吸入一口甘甜的酒。

论喝酒，鹃突的那四个弟子可算是尽得他的真传。闻到香醇的酒气，包括冰骷髅在内，四人同时吞了吞口水。

席文看了一眼满脸得意的鹃突，笑着摇了摇头，对廷主问道："廷主大人，现在人都到齐了吗？我们什么时候出发前往死亡山脉？"

廷主轻叹一声，道："别提了。你们天罡剑派是第一批赶过来的，其他势力还一点消息都没有。看来，暗圣教指使那些多年以来潜伏在各方势力中的逆贼行刺，目的已经达到了。依我看，最后连预想中的一半精英都未必能赶到。"

听了廷主的话，席文皱起了眉头，道："那我们该怎么办呢？难道要一直等下去吗？暗圣教可不会等我们啊！距离神圣历千年只有不到十个月的时间了，我们必须抓紧时间行动才行。"

廷主眼中寒光一闪，淡淡地道："只有到了这种关键时刻，才能看出各方势力的属性啊！一个月，再等一个月，不论那时聚集了多少人，我们都立刻出发，以雷霆万钧之势粉碎暗圣教的阴谋！"

席文看得出来，廷主因为各方势力没尽快赶来会合而动怒了。他暗叹一声，道："现在也只能这样了。"

这时，一名光明审鉴者突然从殿外走了进来，恭敬地朝廷主行礼后，道："启禀廷主大人，普岩族族长岩非、先知普林，带领二百余人来到了神山外，说是来和神圣廷的人会合的，您看……"

廷主眼中闪过一丝欣喜，他拍了一下座椅的扶手，微笑着道："好，待我亲自前去迎接。三位剑圣、席文掌门，麻烦你们在此等候一下。"

听到传令的光明审鉴者说的话，阿呆心中大喜过望，他低声对玄月道："岩石大哥他们来了，咱们也一起出去迎接吧？"

"好啊，咱们跟爷爷一起去迎接。"

说完，两人和三位剑圣、席文说了一声，就快步跟上了廷主的步伐。

当他们和廷主一起来到神山外面之时，普岩族的大队人马已经在神圣骑士团的护送之下进入了神山。

为首的赫然是族长岩非、先知普林以及岩石两兄弟。

此次，普林先知的徒弟丝丝并没有来。

跟在他们身后的，是身穿黑色盔甲的提鲁战士。这些提鲁战士是普岩族最精锐的力量，此次普岩族可以说是全部出动，可见其对这次剿灭暗圣教的行动的重视程度。

廷主微笑着迎了上去。

岩非道："廷主大人，我们普岩族没有来晚吧？得到岩石他们带回来的准确消息后，我们立刻组织人手，日夜兼程地赶来了。"

廷主道："普岩族为天元大陆所做的一切，没有人会忘记。千年来，普岩族承受了太多的痛苦，说起来，我们神圣廷也有一定的责任。这次族长和先知如此深明大义，真是让玄迪汗颜啊！"

普林先知叹息一声，道："事情已经过去千年了，廷主大人就不要再提了。无论如何，我们普岩族决不会看着暗圣教继续在天元大陆上为非作歹。"

廷主点了点头，看向他们身后那些沉静的提鲁战士，笑道："这些就是先知上次提起过的普岩族的英雄吧？"

普林先知的脸上流露出崇敬，点点头，道："不错，这些就是我们普岩族的英雄。如果不是他们舍生取义，就不会有普岩族的今天。虽然他们的灵魂已经逝去，但是他们的精神不灭，他们将永远受到我们普岩族人民的尊敬。还请廷主大人为他们安排一个安静点的地方休息。"

廷主道："没问题。族长、先知，里面请！天罡剑派的众位也刚到，你们正好可以熟悉一下。"

在普林先知的协助下，提鲁战士们被安排到神圣廷后山的精舍中休息，然后众人才一同回到光明神殿之中。

阿呆凑到普林先知的身旁，低声问道："先知，您这次把普岩族的精锐力量全部带来了，不会影响到神庙的防御吧？您最近身体状况如何？"

第190章
联军齐集

　　普林先知微笑着说道："我们普岩族共有十数万战士，他们都是提鲁大神最忠诚的信奉者，普岩族的防御是不会有任何问题的。只是，由于我们此次面对的敌人过于强大，我只带来了战斗力极强的提鲁战士。放心吧，难道你忘记我是先知了吗？至于我的身体，完全没问题了，你的血液和我的非常吻合，我的体内没有出现任何异常。

　　"唉，自从成为先知以后，这一年来我的身体状况是最好的。阿呆，看你的样子，你似乎已经成为天元大陆的光明主。我相信，在你的带领下，我们一定能够将暗圣教彻底消灭。"

　　阿呆道："只要您身体没事就好。先知，您有没有预测过我们此次行动的结果？"

　　普林先知叹息一声，道："自然是有的。但是，就算我愿意用自己全部的生命力来预测未来，我也看不到任何东西了。当初，你虽然治好了我的伤，但我的预测能力似乎随着以前那个破败的身体一起消失了。

"现在的我是一个全新的我，我已经将先知之位传给丝丝，此行我可以说是毫无牵挂了。这么多年了，终于有我那个空间魔法发挥威力的机会了。"

他们一边说着，一边跟着众人走进了光明神殿的大厅。

听了廷主的介绍，普林先知一行人大为吃惊。这是第一次见到剑圣，他们不由自主地产生了敬意，甘愿坐在三位剑圣和席文的下首位置。

众人坐定，廷主的心情似乎好了许多，微笑着道："今天先后迎来了天罡剑派的人、三位剑圣以及普岩族的战士们，可以说是三喜临门啊！你们都是正义的象征，请允许我代表廷神和天元大陆上的民众感谢你们。你们先安心地在神圣廷住下来。一个月后，我们就出发前往死亡山脉，同暗圣教决一死战！"

一个月的时间很快就过去了，天金帝国魔法师公会以拉尔达斯为首，他亲自带领一百余名大魔法师以上级别的高手和五万战士，赶到了神圣廷。

索域联邦除了天元族以外，其他各族都派来了最精锐的战士。

亚琏族派来了五万名轻骑兵，这些都是从各个部落中挑选出来的精锐战士。自从上次在神圣廷参加了玄月的婚礼之后，各部落就将挑选出来的精锐战士集中在一起，由亚琏族的高手们调教，现在已经可以算是一支虎狼之师了。

至于亚金族，则由族长蒂雅亲自带领四位长老前来，随行的有一万名装备精良的精锐重步兵，还带来了三万套轻铠。

红飓族不愧是佣兵的发源地，此次派来了"大陆第一佣兵团"红飓佣兵团的精锐战士，至少有二级佣兵实力，由连单亲自率领。同来的还有月痕佣兵团的一千名重装甲骑兵，由月痕和霸王亲自率领，这些都是当初的霸王佣兵团的成员，可以算是月痕佣兵团的精锐力量。虽然在人数上比其他族群少一些，但红飓族派来的这些人都是高手。

西波族的实力在索域联邦六族中是最弱的，却也派来了一万名战士。

最不遗余力的，就要数华盛帝国了。虽然华盛帝国的国主遇刺险些身亡，但作为天元大陆上最正义的国度，华盛帝国以民众安危为己任，将最强大的两个集团军派了过来。

两个集团军是由风文率领的圣光骑士团和奥尔多斯率领的光明骑士团。这两个骑士团在华盛帝国分别有龙、虎军团的称号，各自统领十个军团，每个军团有一万人，一共是二十万大军。即使只派出一个集团军，也足以震慑落日帝国了。

此次两个集团军同来，显然华盛帝国降低了对落日帝国的防御力。在二十万大军之后，有一支由五万战士组成的后勤补给部队，带来的补给，足以供这二十五万大军使用两个多月，彰显出了华盛帝国泱泱大国的风范。

此外，大陆魔法师公会调来了五个魔法师团，共计五百名大魔法师以上级别的精锐战士，在会长卡里和八名长老的带领下，和华盛帝国大军一同前来。一时间，将天金帝国和索域联邦派来支援的军队比了下去。

看到华盛帝国大军如此庞大的阵容，廷主不禁感叹：到了重要的时刻，还是这种正义的国度才能起到关键作用啊！

落日帝国完全无法和华盛帝国相比，泉依只派人送来了一千万金币以示支持，没有派出一兵一卒。他在给廷主的信上称，落日帝国中出现了大量的暗圣教成员，他正带领军队全力清剿，暂时无法分兵前来相助。

廷主当然明白，泉依是为了自己的安全才不派兵参加此次行动的，毕竟泉依的部队都守卫在日落城周围。对此，廷主并没有什么表示，他全部的心思都放在同暗圣教的最后决战上，对于泉依此等行为，他想要等到决战之后再处理。泉依自私的行为，为落日帝国的未来带来了灾难式的影响。

光明神殿。

廷主看着各方势力的首领，朗声说道："首先，我代表神圣廷欢迎各方势力加入此次铲除由黑暗势力组成的暗圣教的行动。为了天元大陆的和平，为了人类能够繁衍生息，我们必须给敌人毁灭性的打击，我们决不允许他们将通往魔界的入口打开！

"时间对我们来说是最重要的，现在各方势力已经聚齐，休整好了之后，我们就立刻前往死亡山脉，同暗圣教决一死战。大家有什么意见，尽管提出来。"

出乎廷主的意料，阿呆从人群中走出来，向廷主施礼后，道："廷主大人，经过我们几次探察死亡山脉，我发现死亡山脉中的亡灵生物并不是甘愿被暗圣教利用的，它们之所以成了暗圣教领地外的防御屏障，主要是因为暗圣教掌控了一件名为亡灵手札的神器。在这件神器的作用下，死亡山脉中的亡灵生物不得不听从暗圣教的命令。

"通过和亡灵生物们接触，我发现高等级亡灵生物是有智慧的，它们对于暗圣教也有着很大的敌意。我想，如果我们能够和高等级亡灵生物通过谈判达成协议，那么我们将能够更快、更顺利地消灭暗圣教，同时避免很多不必要的伤亡。

"我希望，当大军和这些有智慧的高等级亡灵生物对上时，能够以仁为本，尽量化解它们身上的戾气，这对我们此次的行动或许会有较大的帮助。"

廷主点点头。由于阿呆有光明主的身份，他对阿呆的提议不能轻易否决。在他看来，这或许就是廷神的指引。

廷主扫视各方势力的首领一眼，问道："大家对阿呆的提议有什么看法吗？"

席文道："我觉得阿呆说得很有道理，毕竟我们的根本目的是消灭暗圣教，不让其打开通往魔界的入口，亡灵生物只是我们完成这一目标的阻碍而已。千年来，亡灵生物一直生活在死亡山脉中，并没有对人类造成危害。只要它们答应不与我们为敌，我们还可以通过谈判来打消它们对我们的敌意，这样对我们只有好处。"

和阿呆交好的各方势力的首领纷纷点头，他们表示赞同席文的说法。

亚琏族族长傣亚上前几步，走到席文身旁，道："我有异议。那些亡灵生物向来嗜杀，我们与它们谈判，那不是与虎谋皮吗？而且，会耽误更多的时间。我觉得，我们应该一鼓作气冲进去。我方有几十万大军，难道还怕它们不成？"

阿呆皱眉，道："傣亚族长，你可能还不知道亡灵生物到底有多么强大，那些亡灵生物的能力超出了我们的想象。不错，我方的人数的确多，但是在对付亡灵生物时，人数多是没有任何优势的。比如在对付骷髅和僵尸时，一旦我们死去一名同胞，就相当于多了一个敌人，最后会造成什么样的后果，根本不是我们所能预料的。我们不能让我方的士兵白白去送死啊！"

傣亚冷哼一声，道："你这不过是杞人忧天。我就不信，亡灵生物真有你说的那么玄乎。我们亚琏族的战士极为勇猛，那些骨架和尸体算得了什么？还有，我们各大势力的首领在此商谈正事，而你不过是天罡剑派的一名弟子，还是少插嘴为好。"

傣亚上次并没有参加玄月的婚礼，虽然听手下的人说过阿呆的功力极为高强，但他并不怎么在意。尤其是当他发现阿呆年纪轻轻时，更是对阿呆产生了轻视之意，说话时不由得不客气起来。

阿呆的修为高深，涵养随着修为不断地提高了。对于傣亚这种粗人，他当然不会计较，默默地退到玄月身旁，不再吭声。

廷主皱了皱眉，沉声道："傣亚族长，请注意你说话的语气。阿呆并不仅是天罡剑派的一名弟子，他还是新任天罡剑圣，是廷神派来拯救天元大陆的光明主。不论是谁，在这里都要尊敬他！"

傣亚微微一愣，剑圣的名头还是让他有所忌惮的。他喃喃道："光明主这种称号未免太虚无缥缈了吧。"

廷主眼中光芒一闪。

傣亚顿时觉得自己的心如同被巨锤敲击般难受，强大的压迫感使他不自觉地后退几步，他惊骇地看着廷主。

廷主冷冷地道："傣亚族长，你是在诬蔑神圣廷吗？难道你忘记了，千年前，是光明主神羽带领人类的英雄将暗魔族消灭的？我再重复一遍，在这里，谁也不能对阿呆出言不逊，否则就是和我们整个神圣廷为敌。"

傣亚毕竟是一族之长，被廷主如此教训，顿时心中怒气难平，但他也清楚神圣廷是多么强大，他愤愤地哼了一声，退到一旁。

阿呆见气氛有些不对劲，赶忙再次上前道："廷主大人，傣亚族长只是提出不同的意见，并没有其他意思，请您……"

廷主抬手拦住阿呆，不让阿呆说下去。他扫了各方势力的首领一眼，又道："我刚才说的话不会变。阿呆的提议非常有道理！我的想法和席文掌门的一致，这件事情就这么定了，一切还是等到了死亡山脉再说。大家还有别的意见吗？"

风文上前一步，道："廷主大人，现在神山周围聚集了三十多万大军，再加上神圣廷本部的人马，我方的人数足有四十万左右。兵家称，战争初起，粮草先行，我们的后勤补给部队只有五万人，我觉得是不够的。而我们此次同暗圣教的这一战不知道会持续多长时间，我觉得还是加强一下后勤补给部队为好。"

作为兵法大家，在这种大型战役上，没有人比华盛帝国全军的总指挥风文更有发言权。

廷主深以为然地点点头，道："风文元帅说得对，那你有什么好的提议吗？"

风文心中已有定计，他毫不犹豫地道："我认为，咱们的大军可以先行，现在准备好的补给足够支持所有军队用一个月。此外，我会联络华盛帝国的总军需官，命他再加派五万人从全国各地采集粮食和各种物资，用于后方支援，形成一条良好的补给线，这样我们就可以将全部精力放在与暗圣教的决战之上。廷主大人，您认为如何？"

廷主叹息一声，道："我还能有什么意见？华盛帝国愿意做到如此地步，是我先前没有想到的。一切就照元帅所说的去办吧！神圣廷会永远感激你们华盛帝国的。对了，玄夜廷司，稍后你将落日帝国送来的一千万金币给元帅送去。此次对付暗圣教，不能让华盛帝国的负担太重。"

没等玄夜答应，风文抢先说道："廷主大人，不必了。我们华盛帝国还是有一定物资储备的。而且，对于落日帝国送来的钱财，我们根本不屑使用。"

说完，一股浩然气势从风文的身上散发出来。

看着正气凛然的他，在场的人都流露出了尊敬之意。

廷主微微一笑，道："风文元帅说得对。玄夜廷司，那你就把落日帝国送来的金币退回去吧。从现在开始，神圣廷不再接受任何来自落日帝国的资助。好了，先这样吧，待各方势力的部队休整好之后，我们就出发前往死亡山脉。"

经过十天的休整，神圣历九百九十九年三月十五日，在廷主的带领下，来自各方势力的三十八万大军，加上神圣廷的神圣骑士团五万人，共计四十三万大军，从神山开拔。同行的，还有神圣廷的五千名高级廷司，以及来自两个魔法师公会的六百余名高级魔法师，一行人浩浩荡荡地朝着死亡山脉的方向而去。

由于人数众多，大军前进的速度难免缓慢。直到四月二十日，用了一个多月的时间，他们才穿过亚琏族广阔的大草原，进入天元族领地。为了不给精灵森林造成不必要的损失，廷主命令大军驻扎在天元族领地外围的森林旁，原地休整。

同时，为了确认暗圣教是否已经从死亡山脉中撤走，廷主命令各方势力派出大量的侦察部队前去死亡山脉四周探察情况。

站在十几米高的土坡上，廷主朝着死亡山脉的方向远眺。在他旁边，站着三位剑圣、阿呆、玄月。

"廷主爷爷，让我去精灵族见精灵女王阿姨吧！"阿呆道。

廷主点了点头，道："我也觉得你是最合适的人选。那你现在就去吧。等你联系好了精灵族，我们就要进入死亡山脉了。阿呆，你有没有发现，我们这一路行来过于平静？我们竟然没有受到暗圣教的侵扰。我总觉得有点不安，我们如此声势浩大地前来，暗圣教是不可能不知道的。"

阿呆想了想，道："或许暗圣教是因为我们的阵容过于强大，不敢轻易犯险吧。"

廷主摇了摇头，道："没那么简单。从暗圣教以前的种种行为来看，暗圣教教主绝对是一个老谋深算之人。我本以为他会派出手下的黑暗势力沿途对我们进行侵扰，以减缓我们前进的步伐，可他没有这么做。现在，我们只能尽快向死亡山脉发动进攻了。"

一旁的云翳微笑着说道："廷主大人，你不用太过担心，既然你所说的血日和血雨还没有出现，我们就还有机会。"

鹊突醉醺醺地说道："是啊！廷主，你不用担心，无论发生什么事，还有我们呢。"

廷主的三坛千年仙人醉，可以说是完全将鹊突给"收买"了。那些千年陈酿虽然密封性极好，但还是有一些挥发了，每坛中只剩不足三分之一的量。

对于这些绝世佳酿，即使是嗜酒的鹊突也格外珍惜。他每天都只喝一点，实在馋了，就喝普通的仙人醉，过过酒瘾。而对于给他提供美酒的廷主，他自然极为感激，两人的关系变得极为融洽。

廷主微微一笑，道："是啊，暗圣教肯定想不到我们还有三位剑圣的大力支持。阿呆，你和月月现在就去吧，尽快回来。"

阿呆答应一声，拉着玄月从土坡飘飞而下。

他刚要提速前往精灵族，却听到玄月低声说道："阿呆，你等一下，我去叫上两个人，咱们一起去。"

阿呆一愣："叫上两个人？你想叫上岩石大哥他们？可他们的速度比较慢，会影响咱们往返的进度。走吧，还是咱们俩去吧！"

玄月神秘一笑，道："我不是要叫岩石大哥他们，而且，就算现在时间紧张，也不在乎那一会儿啊。以你的功力，你也可以带着他们快速前行啊！"

阿呆拉住玄月的手，皱眉道："你说的到底是谁啊？你要是不说清楚，我可不让你去。"

玄月低声说道："你忘记我当初答应奥里维拉的事了？我现在就是要给他制造机会啊，明白了吧？我去去就回，你在这里等我，可不要去其他地方哦！"

玄月挣脱阿呆的手，在金色光芒的包裹中，飘飞而起，快速朝大军驻扎的营地而去。她先找到奥里维拉，把阿呆所在的位置告诉他，只说阿呆找他有事，没有多交代，就又跑到亚金族的领地，将蒂雅拉了出来。

蒂雅虽然不知道玄月要干什么，但她对玄月还是很信任的，就跟着她出来了。

一会儿的工夫，玄月就带着蒂雅离开了营地。当她们赶到阿呆所在的地方时，奥里维拉早已经到了。玄月从奥里维拉有些尴尬的表情看出，阿呆一定是把事情告诉他了。

玄月微微一笑，看了看疑惑的蒂雅，微笑着道："蒂雅姐姐，我要带你去一个全天元大陆最美的地方，咱们走吧！"

说完，玄月勾起阿呆的手臂，道："你带着维拉大哥，我带着蒂雅姐姐，咱们把耽误的时间补回来。"

说完，玄月随手一划，金色的结界顿时将蒂雅包裹住。在充满神圣气息的能量作用下，她们飘飞而起。

阿呆无奈地笑了笑，用生生斗气带着奥里维拉追了上去。

阿呆一边向前飞行，一边对奥里维拉说道："这次可就看你自己的本事了，月月待会儿一定会再为你们制造机会。你们能不能成，就看你的了。"

奥里维拉有些不好意思："可是，我从来没有追过女孩子，不知道该怎么做啊，你……你快教教我。"

阿呆苦笑道："可我也不会啊！这得靠你自己了，谁也帮不了你啊！"

奥里维拉哀求道："老大，我们大家可都认为，你不但是剑圣，还是情圣啊，否则你怎么可能追到玄月老大呢？你就行行好，快教教我吧！"

阿呆叹息一声，道："能和月月在一起，是我的福气。其实，连我自己都不明白，她为什么会看上我。奥里维拉，如果你真喜欢蒂雅，那就真心地待她吧！我想，只要她也对你有意思，应该不会拒绝你的。"

在阿呆和奥里维拉交谈的同时，玄月和蒂雅也在交谈："蒂雅姐姐，你觉得奥里维拉这个人怎么样？"

蒂雅皱了皱眉，道："玄月妹妹，你不会是想把那个家伙介绍给我吧？"

玄月笑道："有什么不可以的吗？你可不要小看他，他是大陆魔法师公会最年轻的魔导士，魔法修为极高。他可是大陆魔法师公会精心培养出来的人才，将来会长的位置还不是他的？

"先不说他的身份和能力，他的容貌也配得上你啊！他的人品也很好，从他对魔法执着的追求来看，他还挺专一的。蒂雅姐姐，你就给他一个机会吧！"

蒂雅轻叹一声，道："玄月妹妹，如今大敌当前，我哪有心情谈儿女私情啊？更何况，我早已经对感情不抱希望了。而且，人家不一定能看得上我啊。

"你知道的，我是亚金族的族长，我的丈夫必须陪着我留在亚金族。退一万步说，如果我们真的在一起了，以后是他跟着我去亚金族，还是我跟着他去大陆魔法师公会呢？"

玄月一愣，学着阿呆的样子挠了挠头，道："这我倒是没想过。不过，船到桥头自然直，你们先相处相处再说吧。如果你们真的能在一起，一切都好解决。蒂雅姐姐，维拉大哥可是我费尽心思帮你物色的人选，你可不要一下子就拒绝人家哦！"

蒂雅微微一笑，道："行了，我的好妹妹，我会试着和他相处的。你呀，真是让姐姐为难。"

"这有什么可为难的？说不定，以后你还会好好感谢我呢！"

此时，蒂雅的脑海中浮现出奥里维拉那风度翩翩的样子，确实挺惹人喜欢的。她俏脸微微一红，也就不再说什么了。

以阿呆和玄月的速度，不到半个小时，就来到了精灵森林。他们轻车熟路地穿过外围的森林，直接来到了精灵森林的古结界外。

四人落在地上，阿呆看了看神色有些尴尬的奥里维拉和蒂雅，咳嗽一声，道："你们等一下。"说完，他从空间袋中取出了精灵之镯，打开了面前的结界。

结界一开，玄月立刻走到阿呆的身旁，拉着阿呆就往里面跑，一边跑，一边笑道："维拉大哥来过这里，他认得路。蒂雅姐姐，你跟着他走就行了。"

不等奥里维拉和蒂雅反对，在金色光芒的包裹中，两人就已经消失不见了。

蒂雅毕竟是女孩子，突然遭遇如此尴尬的场面，顿时低下头，不知该如何是好。

看着蒂雅微红的俏脸，奥里维拉心头一热。他深吸了一口气，平复了一下心情，轻声说道："蒂雅族长，咱们也进去吧，阿呆老大打开的这个结界之门支撑不了多久。"

蒂雅看了奥里维拉一眼，应了一声，率先踏了进去。

奥里维拉赶忙跟在她的身后。一时间，能说会道的他也不知道该说些什么。

两人一起往前走着，蒂雅被周围的美景吸引住了，她喃喃道："这里的森林清幽，不带一丝世俗的气息，比我们亚金族的森林要好得多。我们那里的人只知道采矿，太不重视环境保护了。"

奥里维拉好不容易找到个搭话的机会，赶忙道："蒂雅族长，这里就是神秘的精灵森林。等到了精灵之城，还有更美的景色。"

蒂雅道："我很可怕吗？你为什么战战兢兢的？"

"没……没有啊，我……"

蒂雅看着奥里维拉焦急的样子，不禁扑哧一笑，道："怕什么？我又不是会吃人的老虎。维拉兄，你是不是没有交过女朋友啊？"

奥里维拉看到蒂雅的脸上露出了灿烂的笑容，顿时松了口气。他苦笑道："别说女朋友了，我连女生都很少见。我认识的人中，只有玄月老大这一个女生。很小的时候，因为我适合修炼魔法，就被大陆魔法师公会招揽了。

"我活了二十几年，几乎有大半的时间都在修炼魔法。要不是遇到阿呆和玄月两位老大，我现在恐怕还在大陆魔法师公会中修炼魔法呢！比起蒂雅族长，我的见识太少了。"

蒂雅微笑着说道："可是你的成就也很高啊！听玄月妹妹说，你可是大陆魔法师公会中最年轻的魔导士，你好像是修炼风系魔法的吧？"

奥里维拉道："成就？我的这点成就算得了什么？和阿呆老大比起来，简直差得远呢！我勉强算是一名魔导士吧！我的确修炼的是风系魔法。怎么，蒂雅族长也对魔法感兴趣？"

蒂雅点了点头，微笑着说道："维拉大哥，你不要老叫我蒂雅族长。你是阿呆和玄月的朋友，那你自然也是我的朋友，直接叫我的名字就好。其实，我小时候对魔法很感兴趣。而且，在天元大陆上，魔法师的地位一向很高，我很羡慕。可惜啊，我并不是修炼魔法的料。维拉大哥，你能不能跟我说说有关魔法的事情？"

一提起魔法，奥里维拉就来了精神，笑道："当然可以。其实魔法的原理很简单……"

奥里维拉和蒂雅边走边聊。

在这美丽的大森林中，没有人来打扰他们，不时响起两人欢快的笑声。

不知不觉中，奥里维拉带着蒂雅来到了精灵湖畔。

蒂雅全身一震，眼中流露出迷蒙。她怔怔地看着精灵湖上方的那一层薄薄的白雾，半天说不出话来。

奥里维拉凑到蒂雅身旁，轻声道："很美吧！你看湖中的那些大树，那里就是精灵栖息的地方。这由大树和藤蔓组成的胜地，就叫精灵之城。这里堪称天元大陆上最美的地方之一啊！"

蒂雅点了点头，赞叹道："是啊，我从来没有见过这么美丽的地方，可是，这精灵之城中怎么连个精灵都没有呢？"

"那是因为我不让他们来打扰你们。嘻嘻！"

突然，金色光芒一闪而过。

下一刻，玄月就出现在两人面前。

原来，当阿呆和玄月进入精灵森林之后，玄月就让巡逻的精灵不要打扰蒂雅和奥里维拉，所以他们这一路上才如此清静，否则，他们早就被巡逻的精灵拦住了。

听了玄月的话，奥里维拉和蒂雅不约而同地脸红了。

蒂雅嗔怪地瞪了玄月一眼，脸上的娇羞分毫未减。

奥里维拉则干咳一声，转移话题："玄月老大，阿呆老大呢？怎么没看见他？"

第 191 章
决战之前

玄月微笑着道："他正在和精灵女王阿姨商量我们此次去死亡山脉消灭暗圣教的事情，我见你们半天没过来，有些着急，就出来找你们。你们走得可真够慢的啊，我们都到了两个多小时了。"

蒂雅和奥里维拉面面相觑，异口同声地道："有那么久吗？"说完，两人同时脸一红，低下了头。

玄月知道他们已经互生好感，不禁心中暗喜，笑道："有没有那么久，那应该问你们自己。好了，维拉大哥，你带蒂雅姐姐四处转转吧，我要回精灵古树找阿呆了。"

为了避免再次尴尬，蒂雅赶忙说道："玄月妹妹，我和你一起去，带上我啊！"

玄月飘浮在空中，笑道："让维拉大哥带你吧，他也会飞。"说完，一道金光闪过，她急速朝精灵古树飞去。

蒂雅扭头看向奥里维拉，惊讶地道："你也会飞？我还以为就阿呆和玄月会飞呢。"

奥里维拉自信一笑，道："蒂雅，你别忘了，我可是风系魔法师啊，掌控风能量是我的强项。自由的风元素啊，请将你那流动的能量赐予我，飞翔吧！"

说完，一阵微风吹过，奥里维拉的身体缓缓地飘浮起来。

微风吹动他身上的青色魔法袍，给人一种飘飘欲仙的感觉。

奥里维拉微微一笑，向蒂雅伸出手，而后他微微躬身，行了个标准的绅士礼，对蒂雅道："能让我拉着你的手吗，蒂雅小姐？"

看着奥里维拉脸上阳光般和煦的笑容，蒂雅下意识地将手递了过去。

奥里维拉握住蒂雅那柔软的小手，顿时心神一荡，默念咒语。

青色光芒闪烁，柔和的风将蒂雅带离了地面。

被风系魔法包裹的感觉和被玄月那神圣能量包裹的感觉是完全不一样的。在神圣能量的包裹中飞行，和在平地走路并没有区别。如果不是知道自己在空中，蒂雅根本不会有什么特别的感受。

被奥里维拉的风系魔法包裹的感觉则不一样。蒂雅可以清晰地感觉到自己在气流的作用下冉冉升起，这种新奇的感觉让她心中生出了一丝异样。

在奥里维拉的带动下，他们的身体缓缓地向上飘。微风轻拂，虽然气流时有波动，但他们飞行起来异常平稳。

不知不觉中，下方的景物急速掠过，他们来到了精灵湖中央的精灵古树前。

通往树屋的甬道并没有闭合，奥里维拉微笑着说道："蒂雅，这里是精灵族的重地，精灵女王就住在这里。"

蒂雅颔首，道："维拉大哥，你的风系魔法真精湛啊！我以前见过风系魔法师，可你是我见过的风系魔法师中唯一一个拥有飞行能力的。"

奥里维拉感觉到蒂雅对自己的好感在逐渐增加，他心中一喜，带着蒂雅直接落在树屋前的平台上。

一个柔和的声音响起："欢迎亚金族族长蒂雅小姐！"

门开了，精灵女王那绝美的身影出现在蒂雅面前。

感觉到对方身上温和的能量，蒂雅施礼，道："您就是精灵女王吧！蒂雅有礼了。"

精灵女王微笑着道："蒂雅族长不用客气，里面请吧！"

树屋中，阿呆和玄月眼含深意地看着奥里维拉和蒂雅，这使得两人不禁又红了脸。

精灵女王请两人坐下，转过身，道："阿呆，我今天会集结精灵使以上级别的族人。神圣廷大军什么时候开始行动，我们就什么时候过去。"

阿呆点点头，道："我和廷主大人在路上商量过了，死亡山脉毕竟是天元大陆上最危险的地方，我们还是稳扎稳打的好。

"我们必须先在死亡山脉外面建造一个进可攻退可守的基地，然后再攻进去，逐步占领亡灵生物的领地，最后消灭暗圣教。此次行动应该从明天就开始了，我们一边建造基地，一边休整部队。"

精灵女王道："那明天一早，我带领族人到你们上回进入死亡山脉的入口处，咱们直接在那里会合。建造一个简单的基地，我们还是能帮得上忙的。你们今晚是在我这里休息，还是回去休息？"

阿呆道："事关重大，我们得尽快赶回去向廷主大人汇报，现在就走。"

精灵女王微笑着道："好吧，那我就不留你们了，替我向廷主大人问好。明天见！"

阿呆拉起玄月的手，对奥里维拉道："我和月月先走一步，赶回去向廷主大人汇报这边的事，你带着蒂雅族长在后面慢行，如何？"

奥里维拉巴不得和蒂雅单独相处，他看了蒂雅一眼，见蒂雅并没有反对，赶忙答应下来。

精灵女王亲自将他们送到了精灵湖畔。

阿呆催动体内的生生真气，带着玄月高飞而起，朝神圣廷大军所在的方向飞去。

奥里维拉和蒂雅相视一眼。

因为要飞行一段比较长的路，为了保险起见，奥里维拉取出了自己的风神之杖，带着蒂雅高飞而起，朝着阿呆和玄月消失的方向跟了过去。

阿呆带着玄月一边飞，一边道："月月，你觉得维拉和蒂雅有可能在一起吗？看上去，他们似乎对对方有好感啊！"

玄月道："感情这种事急不得，反正该做的我们都已经做了，其他的就顺其自然吧。等过一段时间，让他们自己发展看看，如果他们之间有缘分，总会走到一起的。

　　"我真觉得他们很相配，身份、地位、容貌、秉性都很不错。好了，咱们不用再管他们了，你把注意力放在如何同暗圣教对抗上吧！阿呆，和亡灵生物交手时，你一定要小心。为了你自己，也为了我，你一定不能有事。"

　　阿呆微笑着说道："放心吧，我对自己很有信心。我现在已经练成须弥之剑，正好可以拿那些高等级的亡灵生物和暗圣教试剑。邪恶是永远不可能战胜正义的，我坚信这一点。"

　　阿呆搂紧玄月的身体，心中充满了保护欲，柔声道："月月，等进入死亡山脉后，你不用再跟着我，我要和三位剑圣前辈在前面冲锋。你就留在后方，同神圣廷的大军一起用魔法辅助我们吧！"

　　玄月全身一震，坚定地道："不行，这绝对不行，我要时刻跟在你的身边。你不是对自己很有信心吗？更何况，以我现在的魔法修为，我用不着你保护我。我有凤凰之血，还有守护之戒，自保是没问题的。我不管，我不放心你在前面冲锋。"

　　阿呆无奈地摇了摇头，道："这次大军出动，和当初咱们来死亡山脉探察是不一样的，我们必须一步一步地把死亡山脉里的亡灵生物消灭或者感化，否则我方的大军是无法前进的。而且死亡山脉中充满了邪恶气息，恐怕会对人的心性产生影响。"

　　玄月想了想，道："这个你倒不用担心。我们神圣廷中的高级廷司这次可以说是全部出动了，虽然有几十万大军，但只要施以大面积的神之祝福，就不用怕被邪恶气息影响。其实人多未必有用，最重要的还是得有高手和魔法师。普通士兵就算久经训练，也无法和那些亡灵生物对抗啊！”

阿呆点了点头，道：“这个问题我也想过。我们进入死亡山脉的时候，最好先让重装甲步兵开路，虽然这样会让我们前进的速度慢很多，但最起码对士兵的生命安全比较有保障，剩余的部队就在后方当援军好了。”

此时，两人已经回到大军驻扎的营地之中。飘落在地后，阿呆散去护体的生生变斗气，牵着玄月的手直接走进中军主帐。

“爷爷，我们回来了！”一进主帐，玄月就欢呼雀跃地跑到了廷主身旁。

廷主正在看死亡山脉的地图，见玄月和阿呆回来了，微微一笑，道：“你这丫头都快嫁人了，还这么调皮，以后还是要让阿呆好好管着你才行。”

玄月噘起小嘴，笑道：“难道我现在还不够乖吗？爷爷，精灵族那边没问题，精灵女王阿姨说明天一早就带领族中的高手到死亡山脉的入口处和我们会合。”

廷主轻叹一声，道：“精灵族对我们的帮助确实很大，这次又要麻烦精灵族了。阿呆，你给我详细说说亡灵十二劫中的各种亡灵生物吧！我们很快就要行动了，先想好确切的对策比较好。”

阿呆点了点头，走到廷主的身旁，扫视了下死亡山脉的地图，而后指着最外面的群山，道：“廷主爷爷，您看，死亡山脉的最外围没什么厉害的亡灵生物。上回我们来到这里时，天上出现了大量的骨鸟。那些骨鸟身长大约一米，身体完全由骨骼组成，攻击力很弱，却悍不畏死，而且有再生的能力，只要不被彻底毁灭身体，就不会死。

"不过，那些骨鸟倒是很好对付。上回我说过，骨鸟的根基是包裹着它们身体的灰色雾气，所以我们只要用神圣光系魔法让那些灰色雾气消散，骨鸟就会自行毁灭，这是最好对付的亡灵生物。等咱们进入死亡山脉之后，只要让月月或其他红衣廷司时刻注意空中的情况就可以了。

"再往里走，就是骷髅把守的第二关。那些骷髅比骨鸟要强大得多，其中一些高等级骷髅还有飞行能力，对付它们要麻烦一些，必须彻底毁灭它们的身体才行。我发现，火系魔法对它们的杀伤力比较大，就由拉尔达斯魔导师及其手下的火系魔法师为主攻，直接将骷髅的骨骼完全烧毁。我们的大军则在后面掩护，那些骷髅中的高手就由我和三位剑圣前辈来对付好了。

"把守第三关的是僵尸，我们上次去到那里后，都是尽量避免和它们交手，并没有跟它们真正起过冲突。那些僵尸是比较难对付的，它们身上带有强烈的腐蚀性毒气，这就需要神圣廷的廷司们用净化之光来对付了。

"听我收服的那些怨灵说，这三种亡灵生物几乎没什么智慧，它们都是本能地攻击，我们决不能手软，直接将它们消灭就行了。对了，廷主爷爷，您有没有办法将死亡山脉中的邪恶气息完全消除啊？如果没有，那我们始终用光系魔法辅助大军也不是办法啊！"

廷主摇了摇头，道："没办法。那些邪恶气息是经过千年孕育而生的，死亡山脉中央又有从被封印的魔界入口传来的邪气，恐怕很难根除。依我看，明天让士兵们在死亡山脉外围修建临时基地，而我们先带一些高手把前三关中的亡灵生物消灭，扫清前进路上的障碍，然后我再想办法将死亡山脉内的邪恶气息清除。"

阿呆点了点头，道："现在也只能这样了。关于亡灵十二劫，我担心的是最后五关，不知道那里有些什么样的亡灵生物。"

廷主淡然道："车到山前必有路，现在担心这么多也没用，走一步看一步吧。咱们这么强大的阵容，如果仍然不能取得最后的胜利，那恐怕是上天要让人类灭亡，并不是我们能改变的。你和月月回去休息吧！明天一战，你们很关键。"

阿呆点点头，向廷主告别后，和玄月退了出去。

两人的帐篷相邻，随便吃了点东西后，玄月就来到阿呆的帐篷中，俏脸有些苍白。她倚靠在阿呆的肩膀上，一声不吭。

阿呆抚摩着她柔软的长发，低声问道："月月，你这是怎么了？你看上去气色不太好啊！"

玄月轻叹一声，道："刚才你和爷爷提到亡灵十二劫的时候，我突然有一种不祥的预感。爷爷说得对，暗圣教太安静了。我方的大军一路到此，暗圣教竟然一点反应都没有，似乎对我们的到来很不屑，我真怕……"

阿呆在玄月的额头上轻轻一吻，手紧紧地搂住她的腰，笑道："别怕，我们可是光明主啊！上天是不会让人类灭亡的！我们一定能带领大军将暗圣教彻底消灭。赶了一天路，刚又去了精灵森林，你也累了吧，我送你回去休息，好不好？"

玄月轻轻地摇了摇头，突然抬起头，美眸中流露出坚毅之色，道："阿呆，我们在一起吧，好不好？"

阿呆一愣："什么？"

玄月的脸陡然红了起来，仿佛熟透了的红苹果。她低着头，嗫嚅道："我……我想成为你真正的妻子。"

阿呆全身一震，这才明白她的意思，心中爱意狂涌。他强忍住内心的冲动，柔声道："月月，你这是怎么了？我们不是说好了，等我们成婚之后再……"

没等阿呆说下去，玄月猛地搂住他的脖子，哽咽道："可是，我……我真的好怕。对于明天的行动，我心里有一种不祥的预感，我担心你出事。阿呆，我爱你，我不想有任何遗憾啊！"

阿呆在玄月柔嫩的面颊上轻吻一下，然后微笑着道："月月乖，不要多想了。看你说的，好像我们要生离死别一样。来，我送你回去睡吧。"

阿呆抱起玄月飘飞而出，直接回到玄月的帐篷中。他轻轻地将她放在床上，温柔地为她盖好被子，柔声道："快睡吧！我在这里陪着你，等你睡着之后我再走。"

玄月摇摇头，道："不用了，你现在就回去吧！你也累了一天，早些休息，明天还有重要的事情等着你去做呢。"

玄月似乎已经恢复正常，美眸中却闪过一丝泪光。

阿呆点了点头，道："那我走了，你好好休息。"说完，他在玄月的额头上亲吻了一下，这才回了自己的营帐。

经过这段小插曲，阿呆心情复杂，静坐了半个小时，才将心中的杂念驱除，进入修炼状态。

阿呆离开后，玄月从床上坐了起来，她心中的忧虑并没消除，脑海中浮现出阿呆关切的目光和憨厚的面庞。

玄月自言自语："阿呆，你不会有事的。不论什么时候，我都不会让你有事的。"她努力平复内心激荡的情绪，似乎下定了决心，脸色好了许多，而后轻叹一声，盘膝坐好，开始冥思。

这些日子以来，她明显感觉到自己魔法修为进步的速度比以前慢了许多，显然是因为已经达到一定的高度，再想进步就难多了。

她收敛心神，让精神力缓缓地散出体外，默默地吸收着空气中纯净的光元素。

第二天一早，联合大军在廷主和众势力首领的带领下缓慢前进。经过两个小时左右，他们终于来到了死亡山脉的外围。

看着面前背生双翼的绝美身影，廷主微微一笑，道："您好，精灵女王殿下。"

精灵女王带着族人在这里已经等了一段时间，她看到廷主身后声势浩大的联合大军，微笑着道："您好，廷主大人。"

廷主和善地笑道："此前，神圣廷派人到天元族的领地中来剿灭暗魔族，遭遇危险，多亏了您的帮助，最终才化险为夷，我们会永远铭记精灵族对神圣廷的恩情。"

精灵女王笑道："廷主大人，不必客气，这是我们应该做的，毕竟大家都生活在天元大陆上。虽然我们不是人类，但当人类面临危险的时候，我们还是会伸出援手的。

"尽管人类曾经让我们很失望，但天元大陆是人类和其他族群共同的家园，我们不想看到天元大陆落入黑暗势力的手中，竭诚合作才是最好的选择，不是吗？我也希望和神圣廷成为永远的朋友，我们更希望这个美丽的家园一直像现在这样平静、安宁。"

廷主点点头，扭头对身旁的风文道："元帅，麻烦你命令手下的补给部队修建简单的防御工事，然后在原地驻扎，等候调遣。"

"等一下。"精灵女王微笑着说道，"修建基地之事就交给我们来办吧。奥笛大精灵使，开始行动！"

一旁的奥笛点了点头，而后拍打着翅膀飞走了。

看到廷主惊讶的神色，精灵女王解释道："生机勃勃的大森林是最能发挥我们精灵族的自然魔法的地方，由我们精灵族来修建基地，不但能够节省你们的时间，还可以让森林不遭到破坏。"

精灵女王之所以让族人帮助联军修建临时基地，固然是为了帮助联军，但更重要的是，她考虑到如果在这里修建临时基地，将不可避免地砍伐周围的树木。为了保护这里的生态环境，她才提出了这个建议。

在众人的注视下，死亡山脉外围森林的边缘开始发生变化。

数十名精灵使在奥笛等四名大精灵使的带领下，不断地吟唱着复杂的自然魔法咒语。一圈淡淡的绿色光芒发出，向四周蔓延。

廷主等人清晰地感觉到森林中的生机更加蓬勃了。

阿呆心中一动，似乎猜到精灵女王要做什么了。

在绿色光芒普照下，地面开始发生变化，大树枝叶变得茂盛，无数纠缠的藤蔓从泥土中钻出，迅速凝聚在一起，不断壮大。

一会儿的工夫，一道天然的屏障出现在森林外围，形成了五丈高的厚实树墙。尖锐的荆棘出现在树墙之外，上面闪烁着淡紫色的光芒。

精灵女王微笑着道："廷主大人，在死亡山脉中，我们精灵族因为无法和自然联系，起不到什么作用，所以我们就留在这里负责当联军的后勤保障吧。我相信，只要有我们在这里守卫，就算暗圣教倾巢而出，在短时间内也无法冲破我们的防线。

"请您命令联军驻扎在树墙之内。大约两天的时间，我们就能让树墙一直蔓延到这片森林的外围。树墙外的荆棘上蕴含着很强的麻醉液，不论什么生物，只要接触到一点，就会麻痹两个多小时。必要的时候，我还可以发动自然魔法的禁咒。"

阿呆点点头，道："女王阿姨的精灵魔法非常厉害！当初我们在落日帝国日落城的皇宫中营救星儿公主时，女王阿姨简单地施展了一个魔法——生长的旋律，就让整个皇宫的防卫系统瘫痪了。我想，有女王阿姨在，联军的防线不会出现什么问题。"

风文道："我也相信女王陛下的防御能力，但如此坚固的树墙挡在这里，我方大军出击的时候，该怎么办呢？"

精灵女王微微一笑，道："元帅请放心，只要我在这里，就不会让这些影响大军出击。我会在这里先帮诸位建立一个指挥部，让所有重要人员集中于此，商量起大计来也会方便得多。以精灵族历代先王的名义，我呼唤你，精灵的灵魂啊！"

话落，一道淡淡的绿色光芒围绕着精灵女王转了起来，而后就托起了她的身体。

精灵女王闭上双眸，双手在胸前做出了一个怪异的手势，轻声说道："以精灵血脉为引，醒来吧，我的精灵之心。"

精灵女王身体周围的绿色光芒突然强盛起来。她不断地吟唱着不知名的精灵咒语，绿色光芒越来越强盛，将周围十米的范围照得纤毫毕现。

在精灵女王不断吟唱精灵咒语时，从她的眉心中飞出一个绿色的小精灵。小精灵和精灵女王长得一模一样，通体透明，轻巧地落在她的肩膀上。一层层绿色的波纹以小精灵为中心，不断地向四周蔓延开去。

阿呆睁大了眼睛，这个场景他太熟悉了。当初在日落城，精灵女王就是用的这个咒语，这就是精灵魔法禁咒——生长的旋律——的前奏。

精灵女王缓缓睁开双眸，两道碧绿色光芒射出。而后，她深吸一口气，咬破右手的中指，一滴碧绿色的鲜血流出。她围绕着那滴鲜血，快速用绿色能量在空中画出一道道弧线。顷刻间，那滴鲜血便被包裹在复杂的精灵符号之中。

精灵女王吟唱道："传承了世代精灵王的血脉啊，请您引动天地间的灵气！伟大的大地之神啊，请您用慈悲的心怜悯那些在您的身体上生长的生命吧！禁·精灵的苏醒之生长的旋律！"

随着咒语完成，所有绿色光芒突然向被精灵符号包裹着的精灵之血凝聚着，一会儿的工夫，竟然变成了一个淡绿色的小光球。

精灵女王肩头的小精灵将淡绿色的小光球托起。和上次不同的是，此刻的小精灵显得很轻松。

精灵女王微微一笑，轻声道："随着旋律生长吧！"

淡绿色的小光球从小精灵的双手中飘落，顷刻间便渗入地面，消失不见了。

精灵女王再次闭上双眸，双手在空中画出两道优美的弧线，悦耳的声音不断响起，众人脚下的地面微微地颤动起来。

周围的大树像先前形成树墙那样不断地长出粗大的树藤，渐渐形成了一座座坚实的树屋。一会儿的工夫，足足上百座树屋出现在森林之中。在中央的位置，出现了一座极为庞大的树屋。

悦耳的吟唱声停止。

精灵女王缓缓睁开美眸，眼中流露出一丝疲倦。

阿呆赶忙上前扶住她的身体，关切地问道："女王阿姨，您没事吧？"

精灵女王微微一笑，道："放心吧，阿姨没事。虽然同样用的是生长的旋律，但我刚才用的比当初那个消耗的魔法力要少得多，生长出来的这些树藤是没有攻击性的。而且，这里距离我们精灵族的源泉精灵古树很近，又是在森林之中，魔法力补充得很快，我过一会儿就会恢复。"

精灵女王转头，对廷主问道："廷主大人，这里就当作我们这次对付暗圣教的指挥部吧，您觉得如何？"

廷主赞叹道："自然魔法果然神奇，这还是我第一次领略到。谢谢你，女王陛下。风文元帅，这里就交给你了，你对统御军队最有经验。"

风文也不谦让，点头道："好，您放心，我一定把各方势力的军队安排好。"

廷主颔首，又道："阿呆，咱们准备出发吧！玄夜、玄月，随我们一同前往，同时调遣神圣廷所有圣审鉴者、光明审鉴者以及高级廷司千人，还有天金魔法师公会和大陆魔法师公会的火系魔法师两百人。

"半个小时后，我们就去消灭死亡山脉外围的低等级亡灵生物。三位剑圣，还得麻烦你们一同前往死亡山脉，我们要为联军扫清前进路上的障碍。"

云翳笑道："廷主大人不必客气，我们既然来了，任凭差遣。"

半个小时后，在阿呆和玄月的带领下，众人离开精灵森林，向死亡山脉而去。

廷司们虽然魔法修为高深，但身体素质差一些，在众位审鉴者的帮助下，他们才登上死亡山脉最外围的高山。此行几乎都是神圣廷的圣职人员，他们的神圣能量对邪恶气息天生就有抵抗的作用。

廷主眺望远方，对阿呆说道："咱们按计划行动吧！你带月月和玄夜先将外围的骨鸟消灭，我们在后面支援你们。"

阿呆点了点头，当即吟唱道："以神龙之血为引，开启吧，时空的大门。"

一黑一银两团能量在蓝色光芒的包裹中，从神龙之血内飘出，而后逐渐变大。在神圣廷众人和三位剑圣的惊讶注视下，小骨头和圣邪的庞大身影出现在了众人面前。

清朗、浑厚的两声龙吟响起，在死亡山脉中飘荡，远远地传了开去。

廷主看了阿呆一眼，道："这就是你的两条龙吗？比我想象中的还要强大得多。自神羽陛下消灭暗魔族以来，龙这种生物终于再次降临人间了。你们去吧！如果有危险，尽快回来，不要硬撑。"

第 192 章
骷髅之皇

　　阿呆答应一声，对玄夜道："岳父，咱们坐到圣邪背上吧。"

　　玄夜现在对阿呆的态度好了许多，他微笑着道："没想到，我此生有幸能骑龙啊！"说着，他飘飞而起，轻飘飘地落在圣邪宽厚的背上。

　　看着圣邪身上厚实的鳞片和金色的长角，以玄夜沉稳的性格，他也不由得惊叹道："龙不愧为天元大陆上最强大的生物，仅仅是肉身，就已经如此强悍了。"

　　得到玄夜的夸赞，圣邪似乎很满意，它长吟一声，兴奋地拍打了一下宽大的羽翼。

　　阿呆微微一笑，带着玄月也落在圣邪背上。他站到圣邪的大头上，握住最前面的金角："小邪，出发，去上次遇到骨鸟的地方。小骨头，你记得跟上。"

　　在欢快的龙吟声中，两龙三人高飞而起，以极快的速度朝死亡山脉行进。

玄月取出天使之杖，对玄夜微笑着说道："爸爸，准备好啊，等骨鸟一出现，咱们就直接攻击包裹着它们的灰色雾气，这回咱们连一只骨鸟都不能放走。"

玄夜看到玄月兴奋的样子，心中不禁感叹：不知道阿呆这小子有什么魔力，竟然能让月月如此痴迷他。只要跟他在一起，月月就无比快乐。看来，我答应他们的婚事是对的。

在玄夜的轻声吟唱下，金光闪耀的廷神之怒落入了他的手中："丫头，爸爸也是红衣廷司，待会儿就比比咱们谁的攻击强吧！"

玄夜掌握了神器廷神之怒，他的修为一点不比玄月低。

圣邪的速度渐渐放缓。

阿呆的脑海中响起了它亲切的声音："哥哥，已经到上回那个地方了，我们在这里等一会儿吧？"

阿呆道："嗯！等一下吧，那些骨鸟应该很快就会出来。"

收到阿呆的命令，圣邪和小骨头飘浮在半空，静静等待着。

阿呆发现，圣邪的身体又长大了一些。这些日子以来，它的修为也提升了。

抚摸着圣邪螺旋状的金角，阿呆心想：自我在天罡山随师祖学艺以来，圣邪就一直跟在我身边，从未跟我有过须臾的分离，可以说是我最亲密的伙伴。等这次的事情结束后，我就带圣邪和月月找一个山清水秀的地方定居，再也不问世事。至于小骨头，我会争取再次召唤出神龙，帮助那些受尽苦难的怨灵转生。

正在这时，玄月突然道："阿呆你看，来了。"

阿呆一惊，抬头向远方看去，只见同上次一样的"乌云"出现了，正缓慢地朝他们的方向飘来。

阿呆扭头看向玄夜父女二人，低声道："做好准备吧！看来，这些骨鸟果然没有一点智慧，依旧像上次那样直接冲了过来，不过包裹着它们的灰色雾气似乎恢复了一些，不像上回被月月用光系魔法冲击后那么薄弱了。"

玄夜道："这些亡灵生物应该是吸收了死亡山脉中的死气而存活的，只要护体的死气残余一丝，它们就会逐渐恢复过来。来吧，乖女儿，今天就让我们终结它们的生命。"

金色的光芒包裹着玄夜的身体，廷神之怒虚悬于玄夜的面前，红色廷司袍随着微风轻轻地摆动着。

玄月举起天使之杖，父女俩同时吟唱七级光系攻击魔法神光闪耀的咒语："伟大的天界之神啊，我请求您，将无尽神光借与我，消灭眼前邪恶的生物吧！"

随着金色光芒绽放，圣邪大为兴奋，背上的七个金角亮起。

而小骨头因为是黑暗生物，不由自主地退到了一旁。

骨鸟们似乎感应到了死亡的威胁，但作为只有本能而没有智慧的低等级亡灵生物，它们只知道消灭敌人。骨鸟群组成的"乌云"骤然加速，朝阿呆这边冲了过来。

金色光芒一闪，在魔导师修为的支持下，玄夜父女俩的咒语已经完成了。

廷神之怒当即飘荡而起，带着无比纯净的神圣光芒，向骨鸟群迎了上去。

玄月大喝一声，手中的天使之杖往前指，一道金色光芒射出，准确地射中廷神之怒。

廷神之怒光芒大放，悍然冲入了骨鸟群之中。"乌云"剧烈地颤动起来，前冲之势停止了，在半空不断地被搅动着。

玄月的任务已经完成，她微笑着看着自己的父亲。

玄夜闭着双眼，不断地念着咒语。

突然，从空中的"乌云"里射出了一道金光，紧接着又射出了一道金光。"乌云"似乎完全静止了，一道又一道金光不断闪现。

玄夜突然双目大睁，喝道："破！"

从"乌云"中激射而出的数道金光骤然融合。

"轰——"巨响声似乎将死亡山脉上方的天空都震得颤动了，耀眼的光芒刺激得阿呆不由得眯起了眼睛。

在如此强烈的金光的照耀之下，灰色雾气不断消散，顷刻间，就和其包裹住的骨鸟完全被这充满神圣气息的能量净化了。

在两个神光闪耀魔法融合的巨大威力下，低等级亡灵生物骨鸟终于永远地离开了这个世界。

金光渐渐收敛，廷神之怒从空中闪电般地飘入玄夜手中。

玄夜手托神器，全身金光大放，神威凛凛地屹立于圣邪背上。

玄月兴奋地道："太好了！我们做到了，骨鸟没了。"

阿呆飘落到玄夜身旁，微笑着道："岳父，您的光系魔法真是强大啊！"

灭掉了骨鸟，玄夜心情大好，笑道："你小子少给我灌迷汤。如果我连这些低等级亡灵生物都无法消灭，那我枉称红衣廷司。"

玄月笑道："好啦，咱们回去向爷爷复命吧！圣邪、小骨头，咱们走吧！"

两条巨龙在玄月的娇笑声中掉头往回飞，一会儿的工夫，就带着他们回到了廷主等人的身边。

廷主早已经看到刚才空中发生的一切，他欣慰地点点头，道："你们做得很好，咱们直接冲击下一关吧！阿呆、三位剑圣、拉尔达斯魔导师，这回就要看你们的了。

"此次来的审鉴者不多。这样吧，阿呆，你的这两条巨龙一次大概能运送百名魔法师，就麻烦它们跑两趟，将两百名火系魔法师运送过去。我让所有审鉴者跟着你们过去支援魔法师，务必将骷髅全部消灭。"

云翳道："我们三个老家伙先过去吧，省得那些骷髅有偷袭我们的机会。"

廷主哈哈一笑，道："云翳大哥，你真懂我的心思。"

鹃突喝了口酒，道："人老了，都成精了，我们这三个老家伙当然懂你的意思了。我好久没活动活动筋骨了，让我看看这些亡灵生物究竟有多厉害。"

阿呆深知鹃突的火魔斗气威力极大，效果比火系魔法还要好，他微笑着道："有鹃突前辈在，那些骷髅自然不算什么。"

鹊突冷哼一声，道："小子，你是在夸我还是在损我？我们这就走吧。"说完，他在火魔斗气的包裹中飘飞而起，悬浮在半空。

阿呆看了玄月一眼，道："月月，你别去了，在这里休息一会儿吧。只是些低等级骷髅，它们不会对我造成什么伤害的。"

玄月点了点头，道："那好吧，你一切小心。"

阿呆笑着点点头，对拉尔达斯道："会长，您带魔法师们坐上巨龙的背吧，让大家坐稳，千万别掉下去。"

拉尔达斯哈哈一笑，道："我们是魔法师，可没有那么脆弱。我终于可以体会一下骑龙的感觉了。"

这次，火系魔法师由拉尔达斯带队。在他的指挥下，大家井然有序地坐上了两条巨龙的背。

小骨头的身体庞大，三十余米长的身躯上足足坐了八十人。这还是阿呆出于安全考虑，让他们都坐在小骨头背部的中间位置。而圣邪的身体小得多，背上只坐了三十人。

在阿呆和三位剑圣的带领下，两条巨龙高飞而起，穿过了重重山峦，来到了骨鸟领地和骷髅领地的中间地带。由于骨鸟和骷髅在亡灵生物中是比较弱小的，所以它们的领地都不大，隔得也很近。

三位剑圣率先落地，看着四周光秃秃的土坡和小山，有些疑惑。

众火系魔法师相继落地。

两条巨龙在阿呆的命令下返回山上，去接其他魔法师了。

鹊突朝四周看看，哼了一声，道："阿呆，你小子说得有鼻子有眼的，可那些骷髅在哪儿呢？我怎么一个都没有看见？"

阿呆催动体内的生生真气，释放出灵觉，沉声说道："前辈，您先别着急啊，等其他人都到了，我们再向前走一段路，就会看到骷髅了。"

一会儿的工夫，圣邪和小骨头已经返回。

光明审鉴者和圣审鉴者都聚拢过来。

阿呆大声道："所有火系魔法师集中到一起，随时准备用最强的火系魔法攻击。审鉴者们在外围守卫，一旦发现骷髅，可以只守不攻。咱们走！"

说完，阿呆带着三位剑圣和拉尔达斯率先向前走去。

前面有一道山沟，地势较为陡峭。还没走出千米，阿呆的灵觉一动，他赶忙大喝道："大家小心，骷髅要出现了，注意地面！"

果然，阿呆的判断是正确的。一道道裂缝出现在地面上，一个个颜色各异的骷髅缓缓地爬了出来。上次出现过的那三个棕黄色的骷髅王赫然就在其中。

这三个骷髅王可以说是骷髅中的异类。和普通骷髅相比，它们具有一定的智慧。此时看到阿呆，它们心中怨念大盛，挥舞着手中的骨刀，指挥手下的骷髅朝众人冲来。

阿呆眼中金光一闪，扭头对鹊突说道："前辈，您看到那三个棕黄色的骷髅了吗？那是这些骷髅的头儿，咱们去灭了它们吧？"

鹊突用实际行动回答了阿呆的话。他身上的火红色斗气骤然亮起，他整个人宛如流星，朝三个骷髅王急速冲了过去。所过之处，凡是和他发生碰撞的骷髅都只有一个下场，那就是灰飞烟灭。即使是蓝色、灰色的骷髅，也无法让他前进的速度减缓一丁点。

阿呆微微一笑，心想：看来这次用不着我出手了。

云翳和哈里分别站在阿呆两旁。虽然周围的骷髅的冲击之势很猛，但光明审鉴者和圣审鉴者毕竟是神圣廷武者中高级别的强者，对付这些骷髅是轻而易举的。

一时间，骨架在空中飞舞，骷髅们根本难越雷池一步。

在拉尔达斯的带领下，火系魔法师们不断吟唱咒语，空气渐渐变得灼热起来。

拉尔达斯眼中光芒一闪，他的魔法修为最为高深，第一个用出了紫炎腾龙。巨大的紫黑色火龙急速冲出，顷刻间便摧毁了上百个骷髅。随着拉尔达斯吟唱完咒语，哥里松、基努的紫炎腾龙先后出现，三条巨龙不断地散发出强大的火系能量。

在三条巨龙的冲击下，骷髅的数量顿时锐减。此时，其他火系魔法师的魔法渐渐施展出来了，一个又一个绚丽的魔法将这片骷髅的领地变成了火海。骷髅们刚从地底爬出来就被烧成了灰烬，根本没有复活的机会。

在魔法发动之前，鹊突冲到了三个骷髅王的身边。在他想来，这三个看上去极为脆弱的骨架最终都会被自己消灭。可他想错了，骷髅王实力不算强，但出奇地狡猾，意识到对付不了面前的敌人，就分别朝三个方向跑去。

鹊突心中大怒。

那天输给阿呆后，他心里一直憋着一口气，此时见这三个骨架居然让自己如此费劲，他眼中红光大放，飘落回原地，不再追击。

斗气不断升温。

他大喝一声，猛地击出一拳，一团暗红色斗气画出一道优美的弧线，朝着其中一个骷髅王追去。

云翳呵呵一笑，道："这老家伙生气了，连火魔流星拳都使出来了。看来，那几个骨头架子要归天啊！"

在众人的注视下，鹊突又接连挥出两拳，三团暗红色斗气分别袭向三个骷髅王。

三个骷髅王的速度虽然不慢，但和斗气比起来还差得远。它们不断变换身形、改变方向，却怎么也无法摆脱斗气的追击，只能眼看着斗气离自己越来越近。

在情急之下，三个骷髅王发出了凄厉的吼叫声。

见地面骤然颤动，阿呆心中一惊，沉声道："保护魔法师！"

阿呆眼中光芒一闪，金色巨剑骤然出现在他的手中。那似乎有着无穷威力的金色巨剑光芒大放。

旁边的云翳和哈里不禁后退几步，催动自己的真气，抵御来自阿呆的强大压力。

此时，鹊突用火魔流星拳击出的三团能量命中三个骷髅王。

三声凄厉的惨叫响起。

在远超紫炎腾龙的灼热能量攻击下，三个骷髅王根本没有抵御的能力，顿时化为飞灰。

鹊突冷哼一声，道："跟我斗，找死！"

阿呆并没有因为三个骷髅王的死而感到欣喜，他清晰地感觉到了从地底传来的危险。此时，不再有骷髅从裂缝中爬出来，而原先爬出来的骷髅在两百名火系魔法师的攻击下全军覆没了。

　　突然，地面颤动得更加剧烈了。小骨头惊呼道："主人，小心，是骷髅皇！这里竟然有进化到皇级的骷髅，简直太不可思议了！那可是足以媲美亡妖的强大亡灵生物啊！"

　　阿呆心中一凛，飞身而起，手持须弥之剑凝神等待着。亡妖的厉害他领教过，能和亡妖媲美，说明骷髅皇拥有极其强大的实力。

　　"轰——"

　　地面剧烈地震荡了一下，魔法师们险些站立不稳，一道巨大的裂缝出现在地面中央。

　　所有审鉴者退到魔法师身旁，举起兵器，警惕地注视着裂缝。

　　这时，一只黑色的大手从裂缝中伸了出来。

　　阿呆惊讶地发现，这只手竟然接近两米长，而且完全是由黑色的骷髅头组成的。紧接着，又一只手伸了出来。

　　这两只黑色大手给人一种毛骨悚然的感觉。两只手上的骷髅头不断地哀号着。

　　在这两只黑色大手的作用下，裂缝再一次扩大了。一个巨大的黑色身影从地底冲出，轰然落在众人身前百米外的地方。

　　阿呆倒吸一口凉气。他面前的是一个巨大的骷髅，高达三十米，黑色的身体不断地晃动，似乎还不适应外面的环境。它的身体是由成千上万个骷髅头组成的，看上去极为恐怖，眼部的黑色窟窿中闪烁着暗黄色光芒，口中接连发出震耳欲聋的吼叫声。

一声悠长的龙吟响起。

小骨头展开巨大的羽翼，从半空直接向骷髅皇冲去，同时口中喷出一股蓝黑色的龙息。

骷髅皇怒吼一声，面对和自己体积差不多的小骨头，没有丝毫畏惧，右臂上的骷髅头奇异地变换成盾牌的形状，将小骨头的龙息挡在外面。那看似不起眼的骷髅头异常坚韧，连小骨头的龙息都不能对它造成丝毫损害。

阿呆知道，时间对于联军来说是多么重要，面前的骷髅皇虽然强大，但并不被他放在眼里。他大喝道："小骨头，躲开，让我来灭了它！"

阿呆高飞而起，双手握住须弥之剑，带着巨大的能量，骤然向骷髅皇斩去。

骷髅皇眼中的暗黄色光芒一闪，身上的骷髅头竟然在顷刻间都散落了。

阿呆蓄势击出的一剑顿时落空了。即使如此，地面仍然被须弥之剑庞大的剑气轰出了一道巨沟。凡是碰到一点剑光的骷髅头全都化为齑粉。

凄厉的惨叫声响起，似乎有无数冤魂在讨债一般，不断地震慑现场每个人的心。

拉尔达斯及时命令手下的魔法师用火系魔法发动攻击，目标是那些滚落在地上的骷髅头。

在魔法师们吟唱咒语时，地上的那些骷髅头突然都飞了起来，凶恶地朝着众人飞来。它们的速度极快，都带着浓烈的刺鼻气味，刹那间，就冲到了在外围防御的审鉴者面前。

圣审鉴者和光明审鉴者在关键时刻发挥出应有的实力，大片的光幕从他们身上亮起，神圣斗气组成一道道坚实的壁垒，阻挡骷髅们发起的冲击。

阿呆身影一闪，挥舞须弥之剑，大量骷髅头在他的手中消亡。但是，只有他的攻击才能将这些坚硬的骷髅头彻底消灭，圣审鉴者和光明审鉴者只能苦苦地支撑着。

三位剑圣相视一眼，知道是他们出手的时候了。

蓝、红、青三色斗气骤然在审鉴者们身后亮起。在三位剑圣强有力的攻击下，骷髅头消散。审鉴者们承受的压力顿时大大减少。

此时，紫炎腾龙再次出现。

拉尔达斯、哥里松、基努指挥三条紫色巨龙冲入了骷髅群中。

正在这时，除了被阿呆和三位剑圣消灭的骷髅头外，冲击审鉴者和紫炎腾龙的其他骷髅头相继发生了爆炸。

"轰——"

剧烈的爆炸声让阿呆一阵发蒙。

每一道爆炸声都带起了一片黑色雾气，而且冲击力很强。

那三条紫炎腾龙在数百次骷髅头的爆炸中竟然萎缩了，它们的火系能量对那些黑色雾气一点作用都没有。

阿呆暗道不好，飘飞而起，闪电般地冲到那些审鉴者的身前，大喝道："大家小心，那些黑色雾气可能有毒。"

在他呼喊之际，有四五名功力较弱的光明审鉴者来不及阻挡，身体被黑色雾气沾染了，衣服、皮肉迅速被腐蚀，顷刻间竟然变成了一摊黑水，只有骨架还留存着。那黑色的骨架并没有倒下，依然挥舞着兵器，反过来攻向自己的同伴。

虽然攻击力不如先前那三个棕黄色的骷髅王，但这些黑色骷髅比那些蓝色、灰色骷髅要强得多。

同伴的变异，顿时让众审鉴者慌了神，再也无法发挥出全部的实力。眨眼的工夫，又有三名光明审鉴者变成了黑色骷髅。

阿呆心中大惊。在他不知道该如何控制眼前的局面时，一声清朗的长啸响起，蓝色的光芒骤然闪亮，一道身影闪电般幻化出无数蓝色光芒，竟然硬生生地阻截了骷髅头和黑色雾气的冲击。在蓝色光芒的作用下，黑色雾气凝结成了一滴滴液体，洒落地面。

此时，大部分魔法师的火系攻击魔法已经施展出来。化为液体的黑色雾气远没有雾状时强大，顿时在烈火的灼烧下消失了。

那道蓝色身影发出几个清朗的字音："清风、明月、剑。"

空中飘荡的蓝色光芒渐渐发生变化，变成了蓝白交加的光芒，轻飘飘地在空中飞舞着，犹如一片片叶子，落入了骷髅头中间。

阿呆能够清晰地感觉到蓝白交加的光芒中蕴含着的巨大能量，他若面对如此攻击，恐怕也很难应付。从清风明月剑五个字音中，他判断出，那道蓝色身影是实力仅次于自己师祖的东方剑圣云翳，只有云翳才拥有如此强大的实力。

在蓝白色光芒的作用下，骷髅头的冲击和爆炸完全被阻截了。那雄厚的能量将一个个凶恶的骷髅头化为了灰烬。

阿呆吃惊地发现，云翳的清风明月斗气竟然包含风和水两种不同属性的斗气。怪不得云翳能成为四大剑圣之一，他这分明是融合斗气啊！用清风绞碎骷髅头，用明月能量净化空气中的黑色雾气，如此神奇的斗气，使阿呆叹为观止，心中大为钦佩。

趁此机会，阿呆急速闪身而出，他的目标是近十个已经变成了黑色骷髅的光明审鉴者，他决不允许再有审鉴者受到伤害。

面对先前还是自己战友的黑色骷髅，其他审鉴者心软了。虽然他们的功力并不比这些黑色骷髅差，但他们没有办法攻击对方。

黑色光芒一闪，一个骷髅挥动手中的黑色长剑，闪电般地朝着已经被逼入绝境的一名光明审鉴者砍去。这光明审鉴者的生命眼看就要终结了，恐惧、绝望充斥在他的心中。

就在这时，金光一闪，面前这要夺取自己性命的骷髅化成齑粉，随风而逝。充满神圣气息的能量从这名光明审鉴者的身体一透而过。在这充满了生机的能量滋养下，他顿时精神大振。

一个略带责备的声音响起："生死存亡之时，打起精神来，不要给神圣廷丢脸。"

这名光明审鉴者微微一愣，他发现救了自己一命的竟是阿呆。

自从发生巴不伦一家的惨剧以后，所有审鉴者都对阿呆和玄月有着强烈的敌意。尤其是此次玄远留在精灵森林统率神圣廷人马的那些高级审鉴者，更是恨极了阿呆，他们早就在暗地里商量好了，一定要找机会让阿呆葬身在死亡山脉中。

可是，刚才发生的一切，不但震撼了这名获救的审鉴者的心，还让其他审鉴者心中生出一丝愧疚。

同样的事情接二连三地发生。在阿呆无可抵御的须弥之剑下，所有变成黑色骷髅的审鉴者都消失了。

空中，红、青两色光芒，配合着蓝色光芒，不断消灭黑色骷髅头。再加上火系魔法的配合，局面已经稳定下来了。

阿呆消灭那几个变成了黑色骷髅的光明审鉴者后，飘飞而起，观察着眼前的局面。突然，他惊讶地发现，先前骷髅皇钻出的巨大裂缝中，一个又一个黑色的骷髅不断地悄悄爬出。

由于众人的注意力都在那些发动攻击和爆炸的骷髅头上，除了阿呆之外，谁也没有发现此事。

阿呆心中一动，顿时明白骷髅的能量来源就在地底。

他冷哼一声，催动体内的生生真气飘飞到裂缝上方，双手握住了须弥之剑，剑尖朝下，大喝一声："毁灭吧，邪恶的源泉！"

金色光芒一闪，一丈长的巨大光剑闪电般地没入了裂缝之中。

数道凄厉的号叫声骤然响起，大股大股黑色液体从地底涌出。

拉尔达斯指挥着手下的魔法师不断用火系魔法将黑色液体完全汽化，使它们再也无法作祟。

阿呆飘浮在半空，让自己的精神完全和须弥之剑相连，清晰地感觉到地底深处那邪恶的源泉已经被须弥之剑强大的能量绞得支离破碎。他心中一喜，双手在胸前合十，大喝道："开！"

"轰——"须弥之剑在地底爆炸了,大地剧烈地颤动起来。

　　一道金色光芒冲天而起。

　　那些还没被火系魔法汽化的黑色液体在金色光芒的冲击下完全消失了。

　　阿呆全身一震,身体变得虚弱,毕竟须弥之剑包含太多能量。

　　他赶忙飘飞而起,冲入金色光芒中,不断地吸收金色光芒中的能量。固态能量转化成气体,体积比原先要大得多。

　　经过将近一刻钟的爆炸,阿呆从金色光芒中收回须弥之剑不到五成的能量,顿时心中一惊。虽然他的修为高深,但如果都像刚才那样用须弥之剑的方式耗费功力,恐怕他也支撑不了多久,以后不能再轻易引动须弥之剑爆炸了。

　　大地渐渐停止颤动,地面和周围的山体上都出现了许多裂缝。

　　阿呆飘落在地,急促地喘息着。他环视一圈,发现己方除了变成黑色骷髅的光明审鉴者外,并没有其他人受伤,可他现在的心情异常沉重,他没想到低等级骷髅中竟然有如此强悍的骷髅皇。

　　最后出现的骷髅皇身体分散成骷髅头后,给他们带来的威胁是致命的。如果不是云翳的清风明月剑正好能克制,后果不堪设想。

第193章
父女联手

阿呆暗叹一声：我的修为很高，但在面对刚才这种情况时，在短时间内根本想不出解决的办法，还是神圣廷的神圣魔法的大范围攻击效果更好。看来，亡灵生物并不是那么好对付的啊！

云翳来到阿呆身旁，依然神态自若，显然刚才的攻击并没耗费他太多的功力。他轻叹一声，道："没想到，这些骷髅头竟然如此强悍。阿呆，你没事吧？"

阿呆摇了摇头，道："谢谢您，前辈，我还好。"

云翳微笑着道："没什么可谢的。其实，以你的修为，你照样有对付这些骷髅头的办法，只是一时间还没想出来而已。"

阿呆当然知道自己也能对付这些骷髅头，只要发动天雷交轰，他就可以将它们完全毁灭，但天雷交轰一旦发出，肯定会波及己方的人，那决不是他想看到的。

"云翳前辈，骷髅如此难以对付，前面的僵尸恐怕更难对付。

这样吧，麻烦你们在这里等一下，我去后方把神圣廷的廷司们接过来，有他们的光明魔法辅助，我们对付起僵尸来会轻松得多。"

云翳点点头，道："阿呆，你有没有发现，这里的骷髅根源被毁之后，原先蕴含于每一寸土地的邪恶气息随之消失了？"

阿呆一愣。由于常年使用冥王剑，他对邪恶气息的感应并不是很清晰。听了云翳的话，他凝神查探，发现附近那股邪恶气息果然已经消失了，彻底地消失了。这里除了没有植被以外，气息变得和天元族领地内的气息一样。

阿呆心中一喜，道："这么说，我们已经把亡灵生物消灭了？没有了死亡山脉中的邪恶气息支持，那些亡灵生物失去再生的能力了吧。"

云翳笑道："没那么简单。我想，你破坏的只是死亡山脉最外围两层的邪恶气息的根源，里面的亡灵生物恐怕还是不容易对付。我们要万分小心，大意不得。你去吧，先把廷主他们接过来，我们在这里休整一下，再去前面对付亡灵十二劫中的僵尸。"

阿呆点了点头，飞到圣邪的背上，带着两条巨龙，一起返回了后方神圣廷众人所在的山峰。

廷主也发现了附近发生的变化，在得到阿呆的证实后，他欣慰不已，但骷髅皇的出现引起了众人的警惕。为了彻底消灭敌人，阿呆带领两条巨龙将一批批光明廷司带到了骷髅原本的领地。

当众人休整完毕后，廷主下令，前往死亡山脉中的第三关。

众人翻过几个低矮的山包，天空中那片绿色的雾气出现在他们的视线中。山包下方，到处都是摇摇晃晃、全身流淌着绿色黏液的僵尸，让众人看了不禁一阵恶心。

光明廷司和拉尔达斯带领的火系魔法师排列成整齐的阵容，等待廷主的命令。

廷主扭头问阿呆："依你看，我们应该怎么对付这些僵尸？你发现没有，僵尸的领地中也没有邪恶气息了。看来，你毁灭的那个邪恶之源也是这里的能量来源。没有了邪恶气息的支持，这些僵尸应该好对付得多。"

阿呆点点头，道："廷主爷爷，这些僵尸实在是太恶心了，而且带有剧毒，依我看，您命令这里所有的魔法师直接向它们发动远程攻击好了。消灭僵尸后，我们再想办法把空中的绿色毒雾清除。

"我感觉僵尸比骷髅的速度慢得多，身体不够灵活，但是它们的防御力和攻击力要强悍得多。咱们有这么多强大的魔法师，应该不会给它们冲到近前的机会。"

廷主微笑着道："我们的想法不谋而合。在死亡山脉中战斗，我们一定要稳扎稳打，今天只要把这些僵尸消灭就足够了。既然死亡山脉的外围已经没有了邪恶气息，等消灭了这些僵尸后，我们就可以将后方的大部队和补给部队调过来，让它们直接驻扎在山里，这样就可以用最短的时间发动下一次攻击。

"玄夜、玄月，你们带领光明廷司准备发动大型的神之审判吧！拉尔达斯魔导师，麻烦你带领所有火系魔法师随时准备应变，如果有漏网的僵尸向我们这边冲过来，就拜托你来防御了。"

拉尔达斯道："廷主大人放心，我们一定会尽力的。"

廷主对阿呆说道："刚才同骷髅一战，你消耗了不少功力，先休息一会儿，没有特殊情况的话，你和其他三位剑圣不用出手。"

在廷主的命令下，光明廷司们纷纷取出自己的法器。

玄夜、玄月在金光的包裹中缓缓飘浮到空中，他们分别将廷神之怒、天使之杖高举过头："伟大的廷神啊，您拥有无尽的神力，作为您忠诚的信奉者，我请求您将神的力量赋予我吧。"

玄夜父女俩心有灵犀，同时吟唱起来。在他们的带动下，千名高级廷司高声吟唱起同样的咒语。一时间，洁白的圣光从廷司们的法器中飘荡而出，不断地向玄夜父女俩凝聚。

这时，巨大的白色魔法六芒星出现了，直径有上百米。那圣洁的光芒衬托着玄夜和玄月的红色身影，看起来格外神圣。由千名高级廷司召唤出来的庞大的光元素，不断地在他们身体周围凝聚。

玄夜和玄月对视一眼，心中都充满了战意。这还是他们第一次得到如此强有力的支援，他们相信，即使现在放出禁咒，他们也是能够做到的。

两人的脸上流露出充满神圣气息的威严，同时高声吟唱道："背弃神的荣光，我将收回你的生命；背弃神的威严，我将收回你的灵魂；背弃神的信仰，我将收回你生的权利。神的力量啊，升腾吧！伟大的廷神将借吾之手惩罚那些亵渎神灵的罪恶生命——神之审判！"

随着他们的咒语完成，下方的高级廷司的吟唱声洪亮了许多，神圣能量不断地注入他们体内。

玄月微微一笑，信心十足地朝玄夜点了点头。

玄夜双手托起廷神之怒，感受着汇集的庞大能量，大喝一声："廷神之怒，借汝神威，灌注于心，铲除邪恶。"

玄夜脚下的白色魔法六芒星颤动起来，那庞大的能量极不稳定地波动着。廷神之怒中散发出来的金光陡然强盛，瞬间蔓延到整个魔法阵之中，白色魔法六芒星被染成了金色。随着能量逐渐饱和，一道巨大的金色光柱冲天而起，直升天际。

在众廷司开始吟唱咒语的时候，僵尸已经发现了他们。先前邪恶气息骤然消失，已经让这些僵尸变得异常恐慌。此时，它们领地内出现了如此多生人气息，而且带着让它们讨厌的神圣气息，顿时激发了它们的凶性。

上万个僵尸蹦蹦跳跳地朝众人而来。它们虽然行动缓慢，但是跳跃力极为惊人，一起一落，至少能前进三十米。不一会儿，它们就到了离众人三百米的地方。

拉尔达斯毫不犹豫地下达了攻击的命令，在他的带领下，火系魔法师们发动了大面积的烈火燎原魔法。这个魔法的攻击力虽然不是很强，但可以覆盖的范围非常大。在大面积的火系能量作用下，僵尸们顿时发出阵阵凄惨的号叫声。

但是，阿呆的判断是正确的，僵尸的防御力要比骷髅强得多。当火焰灼烧它们的身体时，它们身上的绿色液体会化为绿色雾气，将它们包裹在内。虽然火焰仍然能烧伤它们，但无法将它们消灭，只能减缓它们前进的速度。

　　但是，这已经足够了。对付僵尸的主攻力量，是神圣廷的神之审判。经过火系魔法师们努力拖延时间，神之审判终于赶在僵尸距离众人只有百米时完成了。

　　天空亮了起来，一大片前所未有的厚实光云飘荡而来。

　　和以往玄夜用出神之审判后出现的现象不同，这次的光云竟然是金色的。那股充满神圣气息的能量投向大地，玄夜清晰地感觉到了自己与天上的光云之间的联系。

　　玄月手中的天使之杖往下挥，一排金色闪电从天空中冲击而下，直接击中冲在最前面的僵尸。

　　僵尸的防御力再强，也无法和如此强大的魔法攻击相比。

　　"轰——"

　　在巨大的轰响声中，上千个僵尸在闪电的轰击下化为灰烬。

　　而闪电落下之时，不可避免地穿透了空中的绿色毒雾，被审判之光穿透的地方的绿色毒雾飞快消散了。在遭受了第一轮攻击后，绿色毒雾显得薄了许多。

　　廷主看到这一幕，满意地笑了，说道："众人联手用出的神之审判差不多有禁咒的威力了。"

　　云翳、鹘突、哈里都是第一次见到如此强悍的魔法，这三人的眼中都流露出惊惧。

　　刚才审判之光往下冲击之时，他们清晰地感觉到，即使是自己面对如此强悍的攻击，恐怕也难以讨到什么好处。

这是三位剑圣第一次深刻地体会到神圣廷的实力是如此强大。

玄夜双手捧着廷神之怒不断地吟唱着，空中的金云看上去更加厚实了。

玄月的天使之杖再次一指，金云骤然大亮，顿时有大量的闪电落下。

一时间，僵尸的领地被炸了似的。随着金光闪耀，僵尸们污浊的灵魂不断地被净化。

神之审判的闪电仿佛无穷无尽，没有要停止的迹象。在那令人目眩神摇的金色光芒冲击下，僵尸的数量急剧减少。

剩余的僵尸再也顾不上攻击众人，龟缩在一起，不断地往上空释放出绿色雾气，试图阻挡闪电的攻击。

僵尸散发的绿色毒雾确实很强，那强大的腐蚀力，连能量都可以侵蚀，但神之审判的攻击力更强。在一道道金色光芒的冲击之下，僵尸们彻底灭亡了。

看着眼前已经占尽优势的神之审判，拉尔达斯命令火系魔法师们停止火焰魔法的攻击。他走到阿呆的身旁，笑道："真是一物降一物啊！神圣廷用光明魔法对付僵尸，比我们对付僵尸容易多了。仅仅一天的时间，我们就扫清了前三关的亡灵生物，死亡山脉似乎没有我想象中的那么恐怖。"

阿呆摇摇头，道："恐怕没那么简单。谁知道这里会不会出现一个僵尸皇呢？而且，我们越往里走，亡灵生物的力量越强。我们现在还不知道后面的五关中有些什么样的亡灵生物，还是小心一点为好。"

在他们说话时，神之审判发出了第七轮攻击。

最后聚集在一起的僵尸被完全肃清了，就连空中的绿色毒雾也在那庞大的神圣气息中完全消散了。在极短的时间内，亡灵十二劫第三关中的僵尸被他们彻底消灭了。

吟唱声逐渐停止，天上的光云渐渐散去。

玄月和玄夜落回地面。看着面前已经被净化的山谷，父女俩都露出了欣喜的笑容。

父女俩作为神之审判的指引者，有大量高级廷司的支持，他们消耗的魔法力并不是很多。

廷主扭头对身旁的一名圣审鉴者说道："你立刻回营地传令，调遣神圣骑士团进入死亡山脉，直接驻扎在这里，同时将其他廷司调过来，然后让各方势力把所有重装甲士兵整合起来，进入死亡山脉后，在骷髅的领地等候调遣。"

廷主微微一笑，又对众人说道："咱们就在这里休息吧！明天一早，继续前进。"

夜幕降临，联军已经启程，进入了死亡山脉，而轻骑兵和普通士兵留在天元族领地的营地中，由精灵女王负责统率。

进入死亡山脉之后，五万名神圣骑士和八万名重装甲士兵分别驻扎在骨鸟、骷髅、僵尸的领地中。为了确保安全，廷主派出大量的审鉴者充当侦察的士兵，散落于营地外，随时注意敌人的动向。

主帐内，廷主、阿呆、四位红衣廷司、三位剑圣以及各方势力的首领聚集在一起。

"我们今天的战绩非常显著，能取得这样的战绩，和阿呆他们之前查探到的消息是分不开的。虽然成功消灭了三种亡灵生物，但我们至今没有发现暗圣教的踪迹，所以大家千万不能大意。

"明天，我们的目标是将第四关的两极亡灵蛛和第六关的腐龙彻底消灭，这两种亡灵生物比今天我们面对的这三种强得多。大家有什么建议吗？"

玄月道："廷主大人，上次我们来到这里之后，和两极亡灵蛛对抗过。它们分别具有冰和火的能力。其中，寒阴亡灵蛛会飞，其冰冻吐丝非常霸道，不但蕴含冰的能力，而且带着死亡的气息。

"据我判断，一旦人类被这种吐丝缠住，甚至只要被触碰到，恐怕就会死在那股冰冷而邪恶的能量之下，烈火亡灵蛛的情况基本相同。所以，我建议明天和两极亡灵蛛对抗之前不要派出大军，只要让顶级高手出战就可以了。

"虽然越往死亡山脉深处走，碰到的亡灵生物越强，但它们的数量越少。上次据我们目测，两极亡灵蛛的总体数量不超过四千，而神圣光系魔法对这两种蜘蛛的克制作用不大。它们似乎天生就有一定的免疫能力，只有用能克制住它们的能量才可以消灭它们。

"对付寒阴亡灵蛛，有我和拉尔达斯魔导师，再加上几位火系魔导士，这就足够了。至于对付烈火亡灵蛛，需要擅长水系魔法的高级魔法师或者武技者出手。这些蜘蛛十分狡猾，我们绝对不能给它们逃走的机会。"

玄月话音刚落，鹃突立马说道："对付那什么寒阴亡灵蛛，算老头子我一个，我最喜欢烧'冰块儿'了。"

玄月笑道："有您老人家去，那更好了，那些寒阴亡灵蛛这下要完蛋了。我们这方擅长火系魔法的魔法师比较多，我现在担心的是没有对付烈火亡灵蛛的魔法师。那些行动速度极快的红色蜘蛛可不好对付啊！若没有强大的水系魔法，恐怕对付起来会很难。"

阿呆道："那就让我去吧！实在不行的话，我可以用出天雷交轰。虽然天雷交轰的能量不是正好可以克制住它们的能量，但凭借强大的爆炸力，应该能很大程度地打击它们。"

阿呆上次在神圣廷引动九廷神雷，此事至今仍让玄夜等人心有余悸。听他这么说，众人不由得纷纷点头。

玄月看了阿呆一眼，想了想，道："那好吧，不过你到时候要先用神龙覆体护身，再使出天雷交轰，成功的概率会大一些。"

云翳道："我和阿呆一起去吧！我的斗气虽然不是纯水系的，但有水系斗气的能力，清除残余的烈火亡灵蛛还是可以的。"

廷主点了点头，道："那好，就这样定了。我会带领其他几位红衣廷司在后方给你们支援，明天我们一定要全歼两极亡灵蛛。消灭两极亡灵蛛之后，我们再商讨如何对付腐龙。忙了一天，大家也累了，都回去休息吧，明天一早再行动。"

阿呆拉着玄月回到自己的帐篷中，有些担忧地道："月月，你有没有察觉到什么不对的地方？"

玄月一愣，道："什么不对的地方？"

阿呆道："今天我们连过三关，暗圣教的人竟然连面都没露，这难道不奇怪吗？换作我，我一定会命令手下和亡灵生物们配合，让对手每前进一步都非常难。可直到现在，暗圣教的人一个都没有出现，使得我们非常被动。我现在最怕的，是我们当初侦察有误，暗圣教的总部根本不在这里。"

玄月微微一笑，凑近阿呆，双手环绕住他的脖子，柔声说道："你不用担心，我们当初的侦察是不会出错的，难道你忘了小骨头的话了吗？还有，我们亲眼见到了那些黑暗异族。明天不会有事的，我们今天不是也遭到了骷髅皇的强烈反击吗？

"更何况，如果暗圣教的总部不在这里，那么暗圣教对我们的威胁也就没有那么大了。暗圣教虽然有十余万人，但如果没有来自魔界的帮助，力量薄弱，我们神圣廷轻易就可以对付。"

阿呆轻叹一声，道："事情没有那么简单。你想想，现在才四月中旬，距离神圣历千年还有七个多月的时间，而我们这方的实力极强，有很大机会闯过亡灵十二劫，而且用不了太长时间。若没有了亡灵生物的阻碍，单单你们神圣廷的五万名神圣骑士就能对付暗圣教。暗圣教难道一点都不担心我们会破坏其阴谋？依我看，这里面一定有问题。"

玄月将俏脸贴近阿呆，轻声说道："暗圣教有什么阴谋，只有暗圣教自己知道，我们现在担心这么多也没用，只能走一步看一步了。我不是和你说过，我有一种不祥的预感吗？我现在真的很希望敌人大举进攻，起码我们可以把主动权掌握在自己手中。唉，你别多想了，早点休息吧！

"等我们将前七关的亡灵生物的领地占领后，你再担心这些也不迟。阿呆，答应我，不论什么时候，都要以自己的安全为重。为了我们的将来，你一定不能有事啊！"

感受到玄月对自己浓浓的情意，阿呆不禁有些感动。

两人依偎良久，阿呆才依依不舍地将玄月送回了她的帐篷。

把玄月送回去后，阿呆站在自己的帐篷门口，看着昏暗的天空，心潮起伏。不知道为什么，他的心里时不时感到烦躁不安。玄月说的那种不祥的预感，同样出现在了他的心中。

第二天一早，阿呆召唤出圣邪和小骨头，由小骨头带着玄月、鹘突、拉尔达斯、哥里松、基努，而圣邪带着云翳、阿呆、哈里，朝着亡灵十二劫的第四关飞去。

很快，小骨头就带着玄月等人轻车熟路地来到了第四关区域的上空。

玄月取出天使之杖，笑道："由我来主攻吧，我有一个办法可以用出大面积的强力火系魔法。鹘突前辈，如果有漏网的寒阴亡灵蛛，那就麻烦您对付了。拉尔达斯魔导师，麻烦您帮小骨头防御。"

鹘突有些不满："怎么不让我主攻？难道你不相信我的实力？"

玄月微笑着说道："怎么会呢？您的实力那么强大，您当然要留在后面压阵，等我不行了，您再上啊！看，它们来了。"

空中，大片蓝色光点迅速朝众人而来，正是守卫在亡灵十二劫第四关区域上空的寒阴亡灵蛛。

玄月顾不得继续解释，美眸中流露出一道神光，高声吟唱道："以凤凰之血为引，蕴含无穷生机的神圣能量啊，请允许我作为凤凰之血的拥有者，借用你的力量，使拥有无穷火之力的不死凤凰以其血脉为媒介转生，并赋予它无穷的力量吧！"

随着咒语完成，红色光芒飘浮而出，快速围绕着她的身体旋转起来。在充满神圣气息的能量烘托下，她全身心地和自己胸口处的凤凰之血融合为一，身体缓缓飘荡而起，落在小骨头的前方。

她感觉到自己的精神完全和凤凰之血进入了同一个精神层面，那凤凰的血脉传来一股温暖而雄厚的能量，不断滋养着她的身体。而后，一个红色的魔法六芒星出现在她的脚下。

顷刻间，红色光芒将玄月的身体完全笼罩住，使人无法从外面看到她的样子。

玄月双臂大展，背上出现一对金色羽翼。随着红色光芒出现，金色羽翼轻轻地拍打着。紧接着，又一对金色羽翼出现，清晰可见的金色光点不断从四面八方向这四只羽翼汇集。

拉尔达斯惊呼道："这是凤凰之力！玄月已经掌握凤凰之血的能量了！"

拉尔达斯清晰地感觉到这是禁咒级能量，虽然那红色光芒没有火热的感觉，但擅长火系魔法的他知道这是物极必反的缘故。

小骨头莫名地感到恐惧，庞大的身体下意识地向后退去。

寒阴亡灵蛛依然在不断地接近，它们似乎已经感觉到了危险，呈扇面状散开，距离玄月等人尚有数百米之遥时，喷出冰冻吐丝，在前方凝聚成一道厚实的屏障。

一道悠远而清亮的凤鸣声从玄月口中发出，声音尖锐而清晰，直冲云霄。她背上的四只金色光翼展开，红色光芒变得异常耀眼，她的身体宛如一个巨大的红色火球，飘浮在半空。

此时，寒阴亡灵蛛的冰冻吐丝形成的屏障罩了过来，顷刻间，将红色火球包裹起来，似乎在不断地向内部侵蚀。红色火球被蛛丝覆盖之后，变成了幽蓝色，看上去极为诡异。

鹊突皱了皱眉，刚想出手，却被拉尔达斯拦住了："前辈，再等等看，玄月的凤凰之血不会轻易就被敌人攻破的。"

话音刚落，包裹着玄月身体的蛛丝发生了变化。红色火球剧烈地膨胀起来，蛛丝的延展性很好，虽然在急速扩大，但没有被撑爆。

此时，所有寒阴亡灵蛛都停了下来，包围了扩大的红色火球。

突然，一道红色的光芒从火球中渗透出来，无比嘹亮的啼叫声响起。宛如破茧而出的蝴蝶，巨大的红色身影将身体周围的蛛丝都完全熔化了，那阔达百米的羽翼展开，周围的空间扭曲了。

那赫然是一只巨大的火凤凰，身上燃烧着炙热的能量。

距离它最近的上百只寒阴亡灵蛛顿时化为灰烬。由于充分地感受到了死亡的威胁，狡猾的寒阴亡灵蛛顿时放弃了攻击，几乎同时收拢翅膀，向下方落去，企图逃走。

一道悦耳的女声响起："亡灵贻害人间，吾以凤凰之名收回你们罪恶的生命！"

巨大的红色羽翼轻轻一拍，无数如同利箭般的红色羽毛飘落，顷刻间便追上了那些往下落的寒阴亡灵蛛。

没有一只寒阴亡灵蛛能逃脱红色羽毛的攻击，它们下降的身体完全停滞了。

火凤凰仰天长啸一声，带起一道绚丽的红色尾焰，骤然下滑，所过之处，悬浮在半空的寒阴亡灵蛛纷纷化为灰烬。

而后，一切归于寂静。

火凤凰身上的灼热能量骤然收敛。它在空中盘旋一周，来到了小骨头的上方。

在火凤凰强大的威压之下，小骨头连动都不敢动。众人之中，只有鹊突能够保持平静。

火凤凰清亮的声音响起："你们转告那姑娘，以后再遇到这种级别的亡灵生物，不要召唤我，它们不值得我出手。再见了。"

火光骤然收敛。

众人只觉得眼前一暗，当视觉恢复时，火凤凰已经消失了。

玄月轻飘飘地落在小骨头的背上，她背上的光翼不见了，脸色苍白，似乎是能量耗损过多所致。

玄月缓缓睁开眼眸，有些虚弱地扶住小骨头的背，稳定住身体，朝众人迷蒙地问道："成功了吗？"

和阿呆不同的是，召唤出火凤凰的本体后，玄月的意识是模糊的，火凤凰完全是凭借她召唤时的意念来完成自己的行动。

鹊突深深地看了玄月一眼。这次随神圣廷联军来到死亡山脉，让他惊讶的事情实在是太多了。先不说阿呆的须弥之剑强大到极高的程度，单是刚才玄月召唤出的火凤凰就给他带来了巨大的压力。

　　鹊突的眼眸中闪过光芒："火凤凰让我们转告你，下回再遇到这么弱小的亡灵生物，就不要召唤它出来了。你成功了！没有一只寒阴亡灵蛛逃走，我都没能插上手。"

第 194 章
急速挺进

一切进行得非常顺利。在玄月利用凤凰转生将寒阴亡灵蛛全部消灭的同时，阿呆、云翳、哈里和烈火亡灵蛛交上了手。

烈火亡灵蛛的吐丝黏性比寒阴亡灵蛛的还要强，充满了火毒和死亡的气息，但阿呆的须弥之剑威力极大，根本不是这些吐丝能够捆住的。在金色的固态能量剑攻击下，一只又一只烈火亡灵蛛灰飞烟灭了。

云翳和哈里各自使出绝学，清风明月斗气和青莲斗气同时发挥出巨大的威力。

在三位剑圣的联合攻击之下，烈火亡灵蛛的数量急剧减少。

当空中充满火凤凰绚丽的姿彩时，三人联手发出强大的攻击，阿呆根本没有使出天雷交轰，就轻松地将烈火亡灵蛛消灭殆尽了。

至此，众人顺利地通过了亡灵十二劫的第四关。不过，在进入两极亡灵蛛的领地之后，死亡山脉中的邪恶气息再次出现了。

消灭了两极亡灵蛛，众人返回了廷主所在之处。

为了乘胜追击，廷主下令，各方势力的联合大军按兵不动，他和玄远亲自带领所有高级廷司和审鉴者朝死亡山脉深处行进。

第五关，怨灵的领地出奇地安静。阿呆他们在这里见过的翼人族和矮人族早已经消失了，如今整个领地中没有能够阻挡他们前进的敌人。

小骨头经过仔细地辨认，确定没有敌人之后，众人快速地朝着第六关的腐龙的领地前进。

远远地，他们看到一大片红色毒雾在空中飘荡。

阿呆道："廷主爷爷，就是这里了。您看，那红色毒雾充满了黏性，当初我们到达这里后，费了不少力气才从这里冲过去。据我对这些红色毒雾的了解，恐怕光系魔法对它们的作用不会太大。

"这样好了，我先用天雷交轰试探一下，如果可以，我就先将腐龙和红色毒雾消灭一些，实在不行，我们再想别的办法。"

廷主点了点头，道："这是亡灵十二劫的第六关，危险性相对大得多。这样吧，让其他人在这里休息，我跟你去看看，必要时，我能帮你一把。"

阿呆一愣，道："那怎么行？您不能去冒险，还是我自己去吧！"

廷主微笑着道："我说过，你既是光明主，又是我的孙女婿，我要对你的人身安全负责。我已经有几十年没动过手了，此次我这把老骨头顺便活动活动。

"月月，你别看着我，我是不会让你去的。你刚才召唤出了火凤凰，消耗了太多魔法力，就待在这里休息吧！放心，我和阿呆会很快回来的。难道你还不相信爷爷的实力吗？"

玄月撇了撇嘴，无奈地道："那好吧，你们一切小心。其实，我觉得神之审判应该有一定的效果。"

廷主轻叹一声："越往里走，我们越要小心，因为距离暗圣教的总部越来越近了，多保留几分实力总归是好的。阿呆，咱们走吧！"

话落，阿呆和廷主飞到了小骨头的背上。小骨头驮着他们高飞而起，圣邪则留在原地。

很快，他们就来到了红色毒雾覆盖的区域外围。

亡灵生物在暗圣教的管控下变得非常规矩，不会越界攻击。虽然那些似乎具有生命力的红色毒雾已经发现了阿呆和廷主，但它们并未冲过来。

廷主道："阿呆，如果你能再次引动九廷神雷，那这里的腐龙根本不算什么，不过你记住，要尽量节省能量，不要消耗太多。我们今天的目标是通过第七关，和你的那个亡妖朋友会合。从明天开始，亡灵十二劫的最后五关才是我们真正的挑战。你明白吗？"

阿呆点点头，道："廷主爷爷，咱们这次阵容空前强大，一定能够消灭暗圣教。咱们到红色毒雾中去吧，这样一来，我的天雷交袭就能发挥出最大的威力，防御红色毒雾的任务就交给您了。"

为了谨慎起见，廷主从空间结界中取出廷神之杖后，才让阿呆命令小骨头驮着两人进入了红色毒雾之中。

小骨头经过这段时间的修炼，已经完全掌控了现在这个身体。

它全身散发出一股浓厚的黑色雾气，将红色毒雾阻挡在身体外围，同时随口喷出几道龙息，竟然将那些红色毒雾清除了一些。

周围的红色毒雾不断地朝它那庞大的身体挤压着，却无法靠近一步。

廷主惊讶地说道："阿呆，你这位龙朋友的实力好强啊！它的龙息似乎比这红色毒雾还要毒得多。"

阿呆道："小骨头是融合了数万怨灵，加上原本骨龙的身体而形成的。从本身的等级来看，它可以算是高等级的亡灵生物。当它掌握了本身的能力之后，有它在，这些红色毒雾是伤不了咱们的。只是，这些红色毒雾的黏性太大，会让它前进的速度减慢许多。廷主爷爷，您随时准备应变，我要开始行动了。"

廷主念了几句咒语，廷神之杖的顶端散发出一圈耀眼的金光，将周围的红色毒雾再次逼退几米，给小骨头腾出更广阔的空间。

阿呆眼中光芒大放，先前和烈火亡灵蛛的对战没有耗费他太多的能量，此时他体内的能量仍然异常充沛。他体内的八寸金身骤然闪亮，生生真气迅速在体内运转起来，第七变的生生变固态能量透体而出，包裹着他的身体飘飞而起。

阿呆左手轻飘飘地击出一掌，一股金色的能量飘飞而出；右手在胸口处画了一个半圆，缓慢地推出。

金色光芒骤然绽放，发出阵阵如同雷鸣般的轰响声，一个凝聚着阿呆大量生生变固态能量的金色光球缓慢地飘飞而去。

当薄片和金色光球碰撞到一起，剧烈地摩擦之时，天空中响起一声炸雷，巨大的轰响声使小骨头的身体微微一颤。

阿呆眼中的寒光犹如耀眼的寒星，在空中显得那么清晰，无可比拟的霸气骤然发出。

在他的生生变能量的作用下，震耳欲聋的轰响声不断地侵袭着廷主和小骨头的听觉。

阿呆猛地仰起头，张开双手，黑色长发随风飘舞。他高声吟唱道："生——生——变——之——天——雷——交——轰——"

阿呆全身被包裹在一股庞大的金色能量中，不断地吸收空气中游离的能量。在生生变幻化出来的薄片和金色光球的剧烈摩擦下，一阵阵雷鸣声在红色毒雾外的区域响起。

阿呆心中一动，这和上次自己引动九廷神雷后的情形似乎并不一样，但此时已经是箭在弦上不得不发了。在剧烈的摩擦下，阳雷产生了巨大的吸引力，连廷主和小骨头用来防御的能量也随之不断地颤动着。

为了不影响廷主和小骨头，阿呆带着阳雷冲天而起，直接闯入红色毒雾之中。

天空中响起一声炸雷，红色毒雾剧烈地波动起来。

阿呆全身一震，他清晰地感觉到一道惊雷劈入了红色毒雾中。阳雷升起，和那无法看到的阴雷在空中会合。

"轰——"

阿呆修为深厚，却仍被这巨大的轰响声震得暂时失去了听觉。紧接着，他闪电般落回小骨头的背上。在他的控制下，生生变金色能量迅速将小骨头的身体完全包裹住了。

剧烈的冲击波传来。

阿呆、小骨头、廷主联手，才勉强抵挡住。

周围的红色毒雾剧烈地震荡着。在那阴阳双雷的作用下，红色毒雾迅速地飘散。

天地之力是如此惊人。当冲击波消失后，阿呆发现周围的红色毒雾完全消失了，没有残留一丝痕迹。

阿呆急促地喘息了几下，皱眉道："廷主爷爷，我失败了，我没有引动九廷神雷。"

他怎么也不明白，自己的修为在达到生生变第七变之后，明明提升了许多，可为什么无法引动威力巨大的九廷神雷呢？

廷主想了想，道："九廷神雷乃天界之雷，有着无比强大的神力，即使在众廷神之中，也只有主神以上的强者能使用。九廷神雷具有的神力乃天下至阳至刚的，非人力所能敌。你不用想太多，你上次成功引动九廷神雷，或许只是机缘巧合。

"你使出的天雷交轰本身威力很大，这种引动自然之力的攻击绝对有接近禁咒的威力。你看，这么大面积的红色毒雾都被你刚才那攻击之威消灭了，我们也算是成功了。下方山谷中的腐龙，就由廷司们去对付吧。"

由于没有了红色毒雾的阻挡，他们可以清晰地看到下方山谷中的上千条腐龙，腐龙的身躯一般有七八米长。刚才的爆炸显然影响到了它们，此时它们陷入了恐慌之中，不断地抬头看着。

但它们属于龙的变种，生前只是地龙，并不具备飞行的能力，所以只能看着小骨头庞大的身体徒呼奈何。

阿呆对廷主道："廷主爷爷，这样吧，我先到山谷中去看看，试探一下腐龙的攻击力和防御力，然后咱们再决定用什么方法消灭它们。"

廷主对阿呆的实力很有信心，他点点头，道："好，你去吧，我在外围等你。你试探一下就回来，实在不行，我们再用神之审判对付它们。虽然这样做会耗费廷司们许多的魔法力，但应该能够将这些腐龙彻底消灭。"

阿呆答应一声，当即朝山谷中落去。在金色光芒的包裹中，他的身体宛如流星一般绚丽。千米距离转瞬即过，阿呆没有用出须弥之剑，而是朝正下方的腐龙轰了一拳。

在冲力的作用下，他这威力极大的一拳散发出了强大的威势。

在轰然巨响声中，那庞大的腐龙被轰击得身体支离破碎了。

阿呆心中一惊，他没想到自己这一拳竟没能将腐龙轰击得完全化为灰烬，可见这腐龙的防御力是多么强大。

此时，他已经落到地面上。

周围的腐龙顿时围了过来，喷吐出的红色毒雾将他包围了。

阿呆冷哼一声，眼中金光大放，双手一圈一放，金光骤然朝着四面八方散去，顿时将身边的十数条腐龙震飞了，其中大部分腐龙骨折筋断了。

阿呆没有逗留很久，而是飘飞而起，朝空中飞去，脱离了腐龙的包围圈。

而最先被他轰击得身体支离破碎的腐龙竟然复活了。此时，它慢悠悠地从地上爬了起来，只是显得比其他腐龙虚弱一些。

阿呆没有再试，直接越过腐龙山谷外的山峰，回到了众人所在之处。

玄月凑到阿呆身旁，问道："怎么样？那些腐龙好对付吗？"

阿呆摇了摇头，道："很不好对付。那些腐龙的防御力之强，大大出乎了我的意料。以我第七变的生生斗气，我竟然无法一拳将一条腐龙彻底毁灭。"

廷主眼中闪过一丝惊讶，皱眉道："真的如此难对付吗？那些腐龙身怀剧毒，如果由大部队冲击，那我方一定会损失惨重，看来只能发动大范围的攻击类魔法了。用神之审判试试吧！月月，你就不要参加此次行动了。玄夜、羽间、芒修，你们带领两千名廷司立即行动。"

"是，廷主大人！"

三位红衣廷司和两千名廷司联合发动神之审判，拥有堪比禁咒的威力，超大规模的神之审判将攻击力完全集中在这一千余条腐龙的身上，一道道金色闪电不断地轰击在腐龙那根本无法闪躲的庞大身体上。

在阵阵轰响声中，廷司们的第一轮攻击消灭了三百余条腐龙，但战斗并没有预想中的那么顺利。其他腐龙发了疯似的，眼睛变得通红，骤然朝山坡上的众人冲来。

腐龙是具有一定智慧的亡灵生物，在生命遭到威胁时，它们顾不上理会亡灵手札的震慑，只想立刻将这些入侵了自己领地的敌人全部消灭。

眼看腐龙以飞快的速度朝领地外围的廷司们冲来，廷主不由得皱起了眉头。

虽然神之审判的威力极大，但闪电劈中下方的腐龙是有一定的时间间隔的。而且，腐龙的防御力不是僵尸可以相比的。

在三位红衣廷司和两千名廷司的联手攻击下，第一次也只消灭三百余条腐龙。从距离和速度来看，这些腐龙最多再承受一次攻击就会冲到众人面前。

为了确保安全，廷主扭头对玄远道："审鉴长，你带领所有的审鉴者全力防御，千万不能让腐龙冲到廷司们的身旁。阿呆，你也一起去吧！"

阿呆和玄远对视一眼，立刻带领上千名审鉴者冲了上去，拦在众廷司身前。

此时，神之审判发出了第二轮攻击，出现了三排密集的闪电。在轰然巨响声中，闪电轰击在冲在前面的腐龙身上。

绚丽的金光亮起，使得众人一阵目眩神摇。

廷主冷静地说道："神之审判停止！所有廷司立刻为审鉴者们附加辅助魔法，然后用单体攻击魔法攻击腐龙。"

在廷主的指挥下，天上的金云散去，一圈圈神圣的光芒将审鉴者们笼罩在内。

阿呆全身一震，感觉体内又增加了一点力量，而且，自己身体周围出现了一层淡淡的金光。

因为修为相差太大，这些辅助魔法对他并没有太大的作用，而腐龙的剧毒本就伤不了他。

眼看着腐龙就要冲到众人面前了，包括审鉴长玄远在内，这些审鉴者都有些紧张。

在奔跑时，腐龙庞大的身躯产生了阵阵轰响声。先后失去了六百名同伴，这些腐龙彻底疯了。剩余的腐龙不到一千条，都双目通红，呼吸之间有红色毒雾缭绕。

阿呆站在队伍的前面，和玄远对视一眼，而后飞了起来，悬浮在半空。他眼中闪过光芒，金色的须弥之剑出现在身前，一股无法抵御的强大气势弥漫而出。

他的身体如同山岳般高大，站在他身后的玄远和众审鉴者不由自主地产生了一种臣服的感觉，对阿呆的敬意油然而生。

阿呆缓缓眯起眼睛，双手将须弥之剑高高地举了起来。

正在往前狂奔的腐龙似乎感觉到了来自须弥之剑的威胁，速度不由得减慢了一些。

但是，这些腐龙此时已经癫狂了，是绝对不会退缩的。冲在最前面的腐龙用力蹬地，猛地朝阿呆扑了过来，一股带着红色毒雾的龙息喷向阿呆。

阿呆没有退缩，双手握住须弥之剑，在空中画出了一个半弧，而后骤然往前劈，金色光芒一闪而过。

红色毒雾虽然有很强的黏性，但遭到了须弥之剑的剧烈攻击，在那澎湃的能量轰击下完全消散了。

金色光芒没有一丝停顿，顺利地劈入了腐龙的头。

在那强大的能量轰击下，腐龙的身体粉碎了。

灭掉一条腐龙，阿呆却丝毫没有兴奋的感觉。在用须弥之剑的能量轰碎腐龙身体的时候，他清晰地感觉到了腐龙强大的防御力。即使凭借自己极高的修为，他也不可能在短时间内消灭它们。

但现在根本没有时间让他犹豫，大量的腐龙已经冲了上来。

就在这时，一道道金色光芒从他身后而来，冲入了腐龙群中。这些充满神圣气息的金色光芒的攻击，顿时让腐龙群往前冲的势头慢了一些。

那正是来自神圣廷数千名廷司的单体攻击。

他们的神圣光系魔法在平时看起来威力很强，但此时用在腐龙身上就没那么有效果了。这些神圣光系魔法的攻击远远比不上先前的神之审判，在腐龙红色的龙息阻挡下，威力减弱了许多。虽然有一些强大的攻击打得腐龙骨折筋断，但无法灭了它们。

阿呆大展神威，手中的须弥之剑不断地幻化出一道道金色剑影，而他本人身随剑走，顷刻间，就消灭了七八条腐龙。

此时，大量腐龙冲到众审鉴者身前，激烈的战斗正式开始了。

这些审鉴者是神圣廷中出类拔萃的武者，虽然攻击力和防御力比腐龙弱，但他们利用灵活的身体辗转腾挪，和腐龙厮斗着。来自廷司们的辅助魔法不断强化他们的身体，以抵御腐龙身上的剧毒。

一时半刻，他们倒没有显出颓意。

三位剑圣都没有动手，他们和廷主留在原处，观察着这些腐龙的动向。

此时，剩余的腐龙已经冲了上来，和审鉴者们展开了混战。

一会儿的工夫，廷主发现了不对劲。虽然在短时间内，审鉴者们可以抵御得住，但这些腐龙始终保持着一定的数量。除了阿呆的须弥之剑能摧毁它们，审鉴者们就算费尽心力将它们击溃，也无法彻底将它们消灭。

周围的红色毒雾越来越浓郁。审鉴者们在辅助魔法的加持下，速度还是慢了下来，已经出现了伤亡。

由于是混战，廷司们完全不敢使用威力过大的魔法，唯恐伤到自己人。

在这些因素的作用下，胜利的天平逐渐向腐龙一方倾斜。

云翳道："这样下去也不是办法，阿呆毕竟只有一个人，虽然他的须弥之剑很强，但会耗费他大量的功力，他恐怕不可能支撑到将腐龙全部消灭。廷主，我们三个也去帮忙吧，至少能帮阿呆分担一些。"

廷主摇摇头，道："三位剑圣已经够辛苦的了，还是我去吧，我很久没活动活动筋骨了。"说完，他手中的廷神之杖轻轻点地，人已经飘了起来，朝腐龙和审鉴者对抗的地方飞去。

此时，阿呆也察觉到了异常。虽然自己已经灭了近三十条腐龙，但这对自己生生斗气的消耗是非常大的。

他心中一急，立即给圣邪和小骨头发出了攻击的信号。

接着，一银一黑两道巨大的身影从空中降落，赶在廷主之前冲入了腐龙群中。

廷主微微一愣，不由得停了下来。他深知，在死亡山脉这个地方，多保留一分力量，会使己方获胜的概率增加一些。以静制动，是自己现在最好的选择。

小骨头的速度极快，它比圣邪先冲入腐龙群中。虽然腐龙体积庞大，但和小骨头比起来还是差得多。

小骨头的攻击极为强悍，巨大的龙尾一甩，立即将七八条腐龙轰飞出去。它双翼大展，一口黑色龙息带着绿色的火焰喷出。

冲在最前面的腐龙顿时被这口龙息击个正着，全身剧烈地燃烧起来，痛苦得满地打滚。

小骨头的尾巴扫、爪子抓，加上它那强有力的龙息喷洒，一会儿的工夫，就使数十条腐龙失去了抵抗能力，但它的攻击依然无法让这些腐龙彻底死亡，只是让腐龙复活所需的时间大大增加了，让审鉴者们的压力顿时大减。

此时，圣邪也冲了下来，张口就喷出一股银灰色的龙息。

奇异的事情发生了，有所进化的圣邪拥有了比以前腐蚀力更强的龙息。

那两条被小骨头打翻在地的腐龙在圣邪的龙息攻击下，快速地被腐蚀了，没有复活。

阿呆心中大喜，飞到圣邪的身旁，道："小邪，我负责将这些腐龙打倒，你来彻底解决它们。"

阿呆将须弥之剑收回，眼中光芒大放，双手一合一分，一圈金色的光芒向四周散发开来，顿时把十余条腐龙打得骨折筋断，倒地不起。

现在不用将这些腐龙彻底消灭，他对付起它们来要轻松多了，没有一条腐龙能在他那威力极强的攻击下支撑住一刻。

阿呆和小骨头联手，仅仅花了五分钟，就把近两百条腐龙打得倒地不起了。

而圣邪在后面完成了最后的攻击。腐龙的身体只要被它的龙息沾上一点，身体就会迅速地被腐蚀。在圣邪龙息的大范围喷洒下，腐龙死亡的速度比先前快了许多。

感受到巨大的威胁，腐龙开始向阿呆和小骨头发起冲击。但小骨头的身体防御能力极为强悍，即使被腐龙抓中身体，它体表那层坚硬的鳞片也无法被破开。

初次全力战斗，小骨头显得极为兴奋。在打倒腐龙的速度方面，它比阿呆慢不了多少，尤其是它那带着绿色火焰的黑色龙息只要喷到腐龙身上，就会让腐龙立刻失去抵抗能力。

在这一人二龙的帮助下，联军一方逐渐占了上风。

玄远带领审鉴者们从后方冲过来，将那些企图逃跑的腐龙赶入它们的领地之中。就这样，腐龙的数量急剧减少。

经过一个小时的战斗，这些强悍的腐龙终于全部被消灭了。

圣邪显得非常疲倦。它喷出了大量的龙息，体力已经透支了。

不用阿呆说，它主动回到了神龙之血里。

小骨头比圣邪强不了多少，它趴在地上急促地喘息着，眼眸中的光芒暗淡了许多。

阿呆表现出了强悍的恢复能力，在收回须弥之剑后的战斗中，他的功力不但没有减弱，反而恢复了许多，现在仍然有八成功力。除了有些疲惫以外，他并没有什么异样。

廷主带领廷司们彻底清理腐龙山谷内的黑暗气息和残余的红色毒雾。

玄月的魔法力已经恢复了一些。她有些担心，当即飞到阿呆的身旁，问道："你怎么样？没有受伤吧？"

玄月一边询问，一边踮起脚尖，帮阿呆梳理散乱的长发。

感受到玄月的关心，阿呆的心中涌现一阵暖意。他微笑着道："放心吧，我现在的功力自我恢复能力非常强，我的金身能够不断地运转，补充我失去的能量。只要我不使出须弥之剑，就不会消耗太多功力。"

玄月拉着阿呆的手，笑着说道："仅仅两天的时间，我们就将死亡山脉中前六关的亡灵生物全都消灭了，而第七关的亡妖是不会与我们为敌的。

"看来，我们这次可以顺利地完成消灭暗圣教的使命啊！刚才看到你彻底消灭了腐龙之后，我之前心中产生的不祥预感似乎减轻了许多呢！"

阿呆轻叹一声，道："现在还不能放松，越往里走，亡灵生物越强，我们到现在都不知道后面五关有些什么样的亡灵生物。单单这一关中的腐龙，我们对付起来就很费劲，后面关卡中的亡灵生物恐怕更难对付。"

玄月点了点头，道："爷爷已经下令把神圣骑士团的五万人全部调过来，他们对邪恶、死亡气息都有一定的抵抗能力。虽然这里的邪恶气息是无法清除的，但是爷爷可以用一些深奥的光系魔法使某个范围内的邪恶气息消散。

"这样吧，我们驻扎在这里，休息一会儿后，再去对付第八关的亡灵生物。对了，你说，那个亡妖纤纤会信守承诺吗？我们真的可以信任她吗？她会不会……"

阿呆坚定地摇了摇头，道："不会的。虽然她当初骗过我，但后来她完全明悟了。说起来，她已经不算是亡灵生物了。上次小骨头不是说，她已经变成神灵了吗？说不定，她早已经成功飞升了。其实，她真的很可怜。

"月月，你帮廷主爷爷在这里部署吧，我去纤纤的领地找她。如果她还在，她一定会帮助我们的。她是次高级的亡灵生物，知道的应该多一些，我还能顺便了解一下高等级亡灵生物的情况。"

玄月想了想，道："那好吧，你自己一定要小心点。如果遇到危险，就凭借哥里斯之愿的瞬间转移功能逃回来。"

"好的！月月，你要注意警戒。我们身处险地，暗圣教随时有可能向我们发起攻击。我走了。"

玄月乖巧地点点头。

阿呆轻轻地捏了一下玄月的手，而后飘飞而起，同时催动丹田中的生生真气，快速朝着亡妖纤纤的领地飞去。

　　不知道为什么，他心中竟然怀着一丝期待，似乎很渴望再次见到亡妖纤纤。

（本册完）

更多精彩，尽在《善良的阿呆 典藏版14》！

《斗罗大陆外传 史莱克天团》

已全国上市

唐家三少笔下经典角色汇聚一堂
史莱克学院教师天团闪亮登场

《冰火魔厨 典藏版》

全12册已全国上市

唐家三少魔法冒险经典之作
一代厨神的成长之路

《天珠变 典藏版》

全15册已全国上市

唐家三少
幻想异能
经典代表作

《琴帝 典藏版》

全16册已全国上市

琴之帝王
必将成为这片大陆上
新的不朽与传奇

《神印王座 典藏版》

全14册已全国上市

唐家三少
经典之作
热血荣耀再现

《空速星痕 典藏版》

全9册已全国上市

谁是银河联盟
最终的主宰

《酒神 典藏版》

全15册已全国上市

一代酒神的异世闯荡之旅
他从来不是一个轻易认输的人

《惟我独仙 典藏版》

全11册已全国上市

唐家三少高人气
东方幻想之作